DEFENCE
DV
SERTORIVS
DE MONSIEVR
DE CORNEILLE.

Dediée à Monseigneur de Guise.

A PARIS,

Chez CLAVDE BARBIN, au Palais,
fur le degré de la Sainte Chapelle,
au figne de la Croïx.

M DC. LXIII.

Auec Priuilege du Roy.

cuig Duc. Paris

(16.)

A MONSEIGNEVR

LE DVC

DE GVISE.

ONSEIGNEVR,

Comme tous ceux qui font
profeſsion d'écrire, croiroient
auec beaucoup de raiſon ne

ã ij

EPISTRE.

pouuoir iamais eftre eftimez, s'ils ne vous auoient
confacré quelqu'vn de leurs
Ouurages. Ie viens me méler parmy la foule, & groffir le nombre de vos admirateurs. Ie ne l'aurois, toutefois ofé, fi ie n'auois fçeu
que m'a Défence de la Sophonisbe de Monfieur de
Corneille n'a pas déplû à
VOSTRE ALTESSE, & fi ie
n'eftois informé de l'eftime
particuliere qu'elle fait de
ce Grand homme ; Ie crois,
MONSEIGNEVR,
ne vous pouuoir rien dire,

EPISTRE.

qui vous soit plus glorïeux;
& rien ne marque plus que
vous estes le digne Pro-
tecteur des belles Lettres,
que le desir que vous témoi-
gné d'auoir souuent cét illustre Autheur auprés de
vous. C'est ce qui m'a porté à dedier à VOSTRE
ALTESSE vn Ouurage qui
luy sera considerable par
le grand Nom de Cor-
neille, qui s'y rencontre pres-
que en chaque page, ne dou-
tant point qu'elle ne regarde par cette raison , aussi
fauorablement la Defence

EPISTRE.

de Sertorius, que celle de
Sophonisbe. Ie ne vous diray rien icy, ny des auantages de voſtre Naiſſance,
ny de ceux de voſtre perſonne; puiſque ie ne vous pourois rien dire qui ne vous
ait eſté dit mille fois; &
que l'on met tous les iours
quelque Liure ſous la pro-
tection de VOSTRE AL-
TESSE. Vos belles Quali-
tez ſont dans les Eſcrits de
tous les Autheurs de noſtre
Siecle; du moins il y en a
peu en France, qui ayent
fait imprimer deux fois,

EPISTRE.

ſans les mettre à la teſte de leurs Ouurages ; & ceux qui n'écriuent point les ont auſſi touſiours à la bouche. Comme la Cour & le Peuple les admirent ſans ceſſe, ie me contenteray, MON-SEIGNEVR, pour ne pas augmenter le nombre des obligeans fâcheux de vous demander part à cette bonté, auec laquelle vous les accueillez ſi fauorable-ment, & la grace de ſouf-frir que comme l'Ombre de Monſieur de Corneille, ie puiſſe m'introduire auec

EPISTRE.

luy dans voſtre Cabinet, pour vous y aſſeurer que ie ſuis,

MONSEIGNEVR,

De Voſtre Alteſſe,

Le tres-humble, & tres-
obeïſſant ſeruiteur,
D.

Priuilege du Roy.

LOVIS PAR LA GRACE DE DIEV, ROY DE FRANCE ET DE NAVARRE; A nos amez & feaux Conseillers, les Gens tenans nos Cours de Parlement, Maistres des Requestes ordinaires de nostre Hostel, Baillifs, Seneschaux, leurs Lieutenans, & tous autres nos Officiers & Iusticiers qu'il appartiendra. Salut GVILLAVME DE LVYNE, Marchand Libraire de nostre bonne Ville de Paris : Nous a fait remontrer qu'il desireroit faire imprimer *La Defense du Sertorius du Sieur de Corneil*; mais craignant que quelqu'vn ne voulut contrefaire son impression, & que par ce moyen il ne soit priué du fruit qu'il en pourroit retirer ; Nous auroit requis luy accorder nos Lettres auec les defences sur ce necessaires. A CES CAVSES, desirant fauorablement traitter l'Exposant ; Nous auons permis & permettons par ces presentes, de faire imprimer, vendre & debiter en

tous les lieux de noſtre Royaume le
ſuſdit Liure, en tels volumes, marges,
& caracteres que bon luy ſemblera,
durant l'eſpace de ſept années ; à
commencer du iour qu'il ſera acheué
d'imprimer pour la premiere fois, à
la charge de mettre deux Exemplaires dudit Liure en noſtre Bibliotecque
publique, vn en noſtre Chaſteau du
Louure, & vn en celle de noſtre tres-
cher & feal Cheualier, & Comman-
deurs de nos Ordres, le Sieur Seguier,
Chancelier de France, auant que de
l'expoſer en vente, & à faute de rapporter és mains de noſtre amé & feal
Conſeiller en nos Conſeils, & Grand
Audiancier de France en quartier, vn
recepicé de noſtre Bibliotecquaire, &
du Sieur Cramoiſy, commis par noſtre-
dit Chancelier de la deliurance actuel-
le deſdits Exemplaires : Nous auons
dés à preſent declaré ladite permiſſion
d'imprimer nulle, & auons enjoint au
Syndic des Libraires de faire ſaiſir tous
les Exemplaires qui auront eſté imprimez, ſans auoir ſatisfait aux clau-

fes portées par cefdites prefentes , du contenu defquelles , vous mandons faire iouyr l'Expofant, faifans tres-e - preffes defences à toutes perfonnes de quelque qualité & condition qu'elles foient , d'imprimer , faire imprimer, vendre ny debiter le fufdit Liure en aucun lieu de noftre obeïffance , durant ledit temps , fous quelque titre ou pretexte que ce foit, fans le confentement de l'Expofant, à peine de confifcation des Exemplaires , & de quinze cens liures d'amande , applicables vn tiers à l'Hofpital General , vn tiers au denonciateur , & l'autre audit Expofant, & de tous defpens, dommages & interefte : VOVLONS en outre qu'auec coppies des prefentes collationnées par l'vn de nos amez & feaux Secretaires , foy foit adioûtée comme à l'Original : & mandons au premier noftre Huiffier où Sergent fur ce requis, faire pour l'execution des prefentes tous Exploits requis & neceffaires, fans demander pour ce autre permiffion. CAR tel eft noftre plaifir :

DONNE' à Paris le huictiéme iour
d'Avril l'an de Grace mil six cens soi-
xante trois ; & de nostre Regne le
vingtiéme. Et plus bas,

Par le Roy en son Conseil,
                        LE ROY.

Et ledit GVILLAVME DE LVYNE a
associé à ce present Priuilege CLAVDE
BARBIN, pour en iouyr selon l'accor
fait entr'eux.

*Registré sur le Liure de la Communauté
des Libraires & Imprimeurs de cette Ville,
suivant l'Arrest de la Cour de Parlement
du 8. Avril 1663.*
                        DV BRAY, Syndic.

Acheué d'Imprimer pour la premiere fois le 23.
Iuin 1663.

DEFENCE
DV
SERTORIVS
DE MONSIEVR
DE CORNEILLE.

SI la reputation de Monsieur de Corneille estoit moins grande, l'enuie ne continuëroit pas la guerre qu'elle luy declara ces iours passez. Cét execrable monstre est tousiours éfarouché par le merite, & ne sçauroit voir son éclat sans en estre ébloüy, & sans essayer de l'affoiblir. Les brillantes qualités

A

de ce celebre Autheur luy ont fait
mal aux yeux ; & il a refolu de les
combattre, pource qu'il ne les peut
fouffrir. Il a commencé en ron-
geant fa Sophonisbe ; & le dépit
qu'il a de ce que fes morfures
n'ont pas efté affez profondes pour
fe faire fentir, ayant redoublé fa
rage, l'a fait refoudre à ramaffer
toutes fes forces contre fon Sertorius. Comme c'eft de la plume de
Monfieur l'Abbé d'Aubignac, que
ce Monftre s'eft feruy, & que celuy-cy par fes Remarques, fur les
deux dernieres Pieces de Theatre
de Monfieur de Corneille, s'eft acquis la qualité de Miniftre de l'Enuie, il trouuera bon que ie parle à
luy dans tout ce difcours, & qu'en
découurant fes impoftures, ie luy
faffe voir, qu'il ne fçait pas mieux
la langue Françoife, que l'Art de
faire réüffir les Poëmes dramatiques, aufquels il met la main.

Cét Ouurage d'appareil , cette
Satyre ridicule , & cét Enfant de la
vanité de l'Autheur, que la bōté de
ma caufe me fait efperer de combattre auec fuccés , eft enuoyé à
vne Ducheffe, qui doit eftre bien
malheureufe, puis qu'elle a befoin
d'vn femblable diuertiffement,
pour adoucir les mauuaifes heures
de fa folitude. Ne trouuez pas
étrange Monfieur l'Abbé , fi ie ne
repete point vos termes , ç'eft à
caufe que l'on ne dit pas , *donner de
l'adouciffement à vne chofe* , non plus
que , *rendre le refpect fenfible* , dont
vous vous feruez dans le Compliment que vous faites à voftre Ducheffe Campagnarde, & fans doute
imaginaire. Vous pourfuiuez, en
difant. *qu'il faudroit que la raifon de
Monfieur de Corneille fût bien malade , s'il s'offençoit des veritez , c'eft à
dire de vos Remarques , qui doiuent
l'inftruire auec le public ; & qu'elle*

A ij

fut comme les yeux foibles, qui sont blessez de la lumiere, pour peu qu'elle les touche. Oüyt-on iamais de semblables fanfaronnades en la bouche d'vn Capitan, & ces paroles ne sont-elles pas connoistre iusques à quel point vostre vanité vous aueugle. Il y a plus d'apparence que vostre raison est blessée de la lumiere de ce grand Maistre du Theatre, comme on en peut iuger par l'égarement, dans lequel ses beaux Ouurages l'ont ietté ; & ie puis vous dire encore, auant de quitter cét endroit, *qu'estre touché de la lumiere*, est vne façon de parler que vous ne ferez pas facilement receuoir. Il n'est pas necessaire que la lumiere touche nos yeux, pour nous faire voir les objets, & si elle les touchoit, il y auroit bien plus d'aueugles que l'on n'en void. Sept ou huit lignes plus bas, dans le mesme Compliment, vous dites ; *& de cêt entretien de mon deuoir, on m'en fait faire vne conuerſation publique,* cét entretien de mon deuoir eſt vne locution des plus modernes.

Dans les quatre ou cinq pages ſuiuantes, vous vous efforcez de monſtrer que l'on peut bien porter iugement d'vne choſe que l'on ne ſçait pas faire. Vous allez voir le contraire, & par voſtre propre raiſonnement, & par le mien ; apres quoy, ie reprendray les mauuaiſes façons de parler qui ſont dans ces quatre ou cinq pages. Vous commencez de ſoûtenir voſtre erreur par vne comparaiſon auſſi noble, que voſtre eſprit eſt éleué ; & vous dites, que ceux qui ne ſont pas capables de faire vn habit, vn ſoulier, ny vn chapeau, ne laiſſent pas d'en bien iuger : Il eſt vray, mais ils en diſent les raiſons en meſmes têps. Ils connoiſſent bien ſi vn chapeau

est trop large, & si vn soulier les
blesse; leurs testes & leurs pieds les
en instruisent assez ; mais il n'en va
pas de mesme de l'esprit , qui ne
doit pas estre comparé à des choses si basses & si materielles. Selon
vostre grotesque raisonnement, si
vn Païsan, qui pourroit iuger de la
bonne ou mauuaise façon de ses
sabots, venoit à la Comedie, vous
voudriez qu'il peut pareillement
iuger de la bonté de la Piece, aussi
bien que Messieurs de Corneille,
Boyer & Quinault , qui ont non
seulement vne parfaite connois-
sance du Theatre ; mais qui nous
font souuent voir des Poëmes dramatiques, qui sont estimez de tout
le monde. Comme vous n'auez
point acquis par l'experience, ce
que vous sçauez des regles du
Theatre, vous voulez qu'vne personne qui n'aura iamais fait de
Comedie, s'y connoisse aussi bien,

que ceux qui y trauaillent depuis trente ans ; & pour montrer qu'il n'eſt pas neceſſaire de ſçauoir faire vne choſe, pour la connoiſtre, vous vous ſeruez de l'exemple du chapeau, & des ſouliers, dont on iuge tous les iours, ſans en ſçauoir faire. Mais vous ignorez donc que le frequent vſage de ces choſes, vaut autant que la pratique dans vn autre , & que c'eſt par cette raiſon que l'on en iuge ſans en ſçauoir faire. Ie pourois toutefois vous dire encore, que voſtre comparaiſon n'eſt pas fort iuſte, & que bien que nous connoiſſions ſi vn ſoulier eſt trop grand, ou s'il nous incommode , nous ne ſçaurions neantmoins ſi bien iuger de la bonté du cuir, que feroit vn Cordonnier.

Apres auoir ingenieuſemět comparé des ſouliers à l'eſprit, vous ſortez de voſtre ſujet, pour répen-

dre voftre fiel fur Monfieur de
Corneille le ieune ; & comme il a
beaucoup de merite, il n'eft pas
exempt de vos injures. C'eft par là
que l'on connoift clairement que
l'enuie vous fait ouurir la bouche,
puifque fans neceffité vous luy dites des chofes auffi ridicules que
piquantes, & qui font que l'on a
pitié de vous. A quoy fongiez-
vous, lors que vous laiffaftes dé-
border voftre venin contre luy?
où eftoit alors voftre prudence?
Sans doute fi vous en auiez, vous
auriez retenu ces faillies, qui dé-
couurent que vous n'auez deffein
que de nuire à Meffieurs de Corneille, & qui oftent la curiofité à
beaucoup de perfonnes de lire vos
Remarques, de crainte d'y trouuer plus d'injures que de chofes
bien reprifes. En effet que peut-on
attendre de iudicieux dans la fuitte
d'vn Ouurage, où l'on n'apperçoit

d'abord qu'vne injurieuſe & fu-
rieuſe paſſion, d'vn homme qui
traitte, auec la derniere indignité,
vne perſonne qui eſt en toutes façons plus conſiderable que luy.
Que vous auriez de vanité, Monſieur d'Aubignac, ſi vous eſtiez autant eſtimé que ce ieune Corneille,
que voſtre inciuilité & voſtre rage
vous empeſchĕt de nommer Monſieur ! Nous auons veu pluſieurs
Ouurages de luy, qui ont eu l'ap-
plaudiſſement de toute la France :
Timocrate, Commode, Stilicon
& Camma parlent en ſa faueur ; &
l'on ne doute point que la reputation qu'ils luy ont acquiſe, ne vous
ait fait mal à la teſte, puis que c'eſt
cette ſeule reputation des Grands
hommes qui vous met en ſi mau-
uaiſe humeur.

Cette inutile & injurieuſe diſ-
greſſion eſt ſuiuie de deux exem-
ples que vous employez pour ſoû-

tenir voſtre erreur , mais qui ſont
entierement contre vous. Si nous
ſcindiquons , dites-vous les défauts d'vn Tableau , ou d'vne Mai-
ſon ; le Peintre & l'Architecte ont
raiſon de nous obliger à mieux
faire , ou à nous en taire. Cela
eſtant, comme vous l'auoüez vous-
meſme, pourquoy ne voulez-vous
pas que l'on vous ordonne de garder le ſilence ſur les Ouurages de
Monſieur de Corneille, ou de nous
montrer que vous en ſçauez plus
que luy. Ie ſçay bien que ce ſeroit
temps perdu , puiſque l'vn & l'autre vous eſt impoſſible ; Mais enfin
l'on vous pouroit obliger auec
iuſtice à l'vne de ces alternatiues.
Vous continüez d'appuyer voſtre
erreur , en auançant temerairement qu'il n'y a point de gens
moins capables de iuger des Ouurages , que ceux qui n'ont point
d'autres lumieres que celles qu'ils

ont acquiſes en trauaillant. A quoy
penſez-vous, lors que vous parlez
de la ſorte ? ſi ceux qui ſont d'vne
profeſſion ne peuuent iuger de
leurs Ouurages, ny de ceux de leurs
compagnons, qui eſt-ce qui en iu-
gera ? Doit-on enuoyer querir vn
Serrurier, pour voir ſi vn Tableau
eſt bien fait ? & vn Peintre, pour
connoiſtre les défauts d'vne Ser-
rure ? Si ce que vous auancez eſt
veritable, vous deuez beaucoup
mieux iuger d'vne Piece de Theatre, que Monſieur de Corneille,
pource qu'il en a beaucoup plus
fait que vous, & vous n'auez rai-
ſonné ainſi, que pour perſuader
que vous ſçauez mieux iuger d'vn
Poëme dramatique, que cét illuſtre
Autheur n'en ſçait faire. Ie veux
que vous en ſçachiez les regles, ou
du moins que vous ayez leu ceux
qui en ont écrit ; mais outre qu'il
les ſçait parfaitement, il les a long-

temps pratiquées, & mesme auec
succés ; C'est pourquoy l'on ne
peut douter que Monsieur de Corneille ne soit plus capable de faire
vne Piece de Theatre que vous, &
d'en mieux iuger, bien que pour
faire sortir vostre Nom des tenebres, vous tâchiez de nous per-
suader le contraire. Vous poursui-
uez aussi iudicieusement que vous
auez commencé, & pour infor-
mer pleinement de vostre vanité,
vous osez bien vous mettre en
comparaison auec Aristote, à cau-
se que vous nous auez donné des
regles du Theatre aussi bien que
luy. Neantmoins il y a bien de la
difference entre le Maistre & le
Disciple ; vous n'auez fait autre
chose que donner en nostre langue
ce que luy, & plusieurs autres ont
écrit de ce bel Art ; & ie ne crois
pas que dãs toute vostre pratique,
l'on puisse rien trouuer de vousque

voftre projet du rétabliſſement du Theatre François, que vous auez fait, pour montrer que vous eftes capable d'auoir la charge de Directeur , Intendant , ou Grand-Maiftre des Theatres , & des Ieux publics de France , que vous voulez obliger le Roy d'établir en ſon Royaume, & que vous auez brigué depuis trente ans auec tant de ſuccés, que vous auez aſſuré pluſieurs perſonnes dignes de foy, que vous auiez enfin obtenu de ſa Majefté cette belle Charge, & que chacun trouue digne d'vn Preftre âgé de ſoixante-cinq ans. J'aurois bien des choſes à dire ſur ce ſujet; mais la crainte que i'ay de vous donner trop de confuſion m'en empefche;& ie reprends Ariftote, dont vous voulez eftre le Compagnon , ou pluftoft le Maiftre. Vous dites que l'on auroit tort de ne ſe pas aſſujettir à ſes regles, en-

core que nous n'ayons aucun Poëme dramatique de ſa façon. L'on
ne peut nier qu'il n'ait eſté vn grãd
homme; mais s'il auoit fait autant
de Pieces deTheatre que Monſieur
de Corneille, il auroit mieux connu le fort & le foible de ſes regles;
il y auroit retranché ou adjoûté; &
ſe trouuans ainſi fondées ſur l'experience , elles auroient pû eſtre
ſuiuies de tout le monde. Nous
voyons tous les iours propoſer
quantité de choſes dans les Conſeils qui ſont trouuées bonnes , &
qui ſont neantmoins rejettées, parce que l'on iuge qu'il eſt impoſſible de les executer. Trauailler,
comme Ariſtote, ſans auoir prati-
qué ce que l'on enſeigne, c'eſt parler en l'air , & vouloir donner ſes
fantaiſies pour des regles certai-
nes, ſans ſçauoir ſi l'on peut les
ſuiure. Vn Tailleur qui vous feroit
vn habit, ſans auoir pris voſtre me-

fure, & fans vous auoir veu, tra-
uailleroit, fans fçauoir fi cét habit
vous feroit propre. Ce Philofophe
en a fait de mefme , il a trauaillé
aux regles du Poëme dramatique ; mais n'en ayant point compofé, il n'a pas pû fçauoir fi ces regles pourroient eftre obferuées.
Comme il trauailloit pour l'efprit,
il deuoit en compofant quelques
Poëmes dramatiques , prendre la
mefure fur le fien. C'eft ce qu'a fait
Monfieur de Corneille , qui eft de
cette façon plus capable que perfonne , de nous donner des regles
de Theatre. Il a merité par fa longue & glorieufe experience, que
l'on le regarde comme le plus
grand Maiftre de la Scene qui ait
iamais efté. C'eft vne chofe fi
conftante que vous n'en fçauriez
témoigner d'autres fentimés, fans
faire foûleuer contre vous tout ce
que l'Europe a d'honneftes gens :

& il faut que vous foyez, ou bien ialoux de fon merite, ou bien ignorant, pour en faire fi peu d'eftime. Eft-il poffible que vous ne fçachiez pas en quelle veneration Monfieur de Corneille eft dãs tous les Païs étrangers? & que fon Nom y eft plus connu que dans l'Hoftel de Bourgogne? Que fes Ouurages font traduits en toutes fortes de Langues? & qu'il paffe par tout pour celuy à qui le Theatre doit toutes fes beautez? Cependant, fi l'on vous en veut croire, ce Grand homme n'a iamais rien fait qui approche de voftre Zenobie, ny du Manlius de Mademoifelle Desjardins, pource que vous en auez conduit le fujet. Ie ne crois pas qu'il en faille dauantage, pour faire connoiftre que voftre raifon eft perilleufement malade.

Apres auoir combatu toutes ces

fauſſes raiſons, par leſquelles vous
pretendez perſuader que l'on peut
iuger d'vne choſe que l'on ne ſçait
pas faire ; ie puis encore adjoûter,
que ceux qui parlent de ce qu'ils
ne connoiſſent pas , peuuent bien
dire *qu'vn Ouurage ne leur plaiſt
point*, mais qu'ils ne peuuent neantmoins le condamner. Chacun à
ſon gouſt particulier ; mais s'il ſe
trouue des gens qui n'aiment ny
les ortolans ny les perdrix , il ne
s'enſuit pas qu'ils ne vallent rien,
& le iugement de ces dégoûtez ne
les peut rendre méchants. Si par
vn autre exemple vous n'aimiez
point la couleur de feu , ſeroit-elle
pour cela abandonnée de tout le
reſte des deux ſexes ; & les Mar-
chands ſeroient-ils obligez à l'ex-
clure de leurs Boutiques ? Dites-
moy, ie vous prie, ſi vous pren-
driez le party d'vne perſonne , qui
ne ſçachant aucune des regles du

Theatre , condamneroit entierement vne Comedie ? & pour vne
Piece bien conduite , qui ne luy
plairoit pas , en compoſeroit vne
contre toutes les meſmes regles ?
diriez-vous encore que l'on peut
bien iuger d'vne choſe que l'on ne
ſçait pas faire ? Sans doute que
vous le diriez,& que vous ne voudriez pas vous démentir , apres
auoir dit, que ceux du peuple qui
peuuent connoiſtre ſi des ſouliers
ſont bien-faits , iugent tous les
.....rs des Poëmes dramatiques,
bien qu'ils n'ayent aucune étude.
Vous adjoûtez qu'ils ne conſul-
tent que leur propre ſentiment,
qu'ils regardent ce qui leur plaiſt,
& ce qui leur déplaiſt, & décident
hardiment de la bonté d'vne Piece, ſans auoir leu Ariſtote ny Sca-
liger.I'en demeure d'accord auec-
que vous : Mais la raiſon agit-elle
lors que l'on ne ſçait pourquoy

l'on approuue, ou pourquoy l'on condamne?& croiriez-vous qu'vn homme que l'on auroit condamné à la mort fut bien iugé, ſi ceux qui auroit prononcé l'Arreſt n'en pouuoient donner aucunes raiſons ?

Vous n'attribuez tãt de pouuoir à ces Iuges ignorans, que pour monrrer, que ſi ceux qui ne ſçauẽt point les regles du dramatique, en peuuent iuger, vous auez droit de cenſurer toutes les Pieces de Theatre, pource que vous croyez en ſçauoir les regles. Mais il y a bien de la difference entre ſçauoir comment il faut faire vne choſe, & la ſçauoir faire. Celuy qui l'a ſçait faire, ſçait beaucoup plus que l'autre, dautant qu'il doit connoiſtre auſſi les regles ; & que le dernier peut ſeulement les ſçauoir, ſans les pouuoir reduire en pratique; ce qui découure qu'il y a bien de la difference entre Monſieur de Corneille , &

vous. Vous deuriez fçauoir , à
voftre âge , ce que les plus grof-
fiers n'ignorent pas , qu'en for-
geant l'on deuient Forgeron , &
que l'expérience eft la maiftreffe
des chofes. Il n'y a rien de plus
commun que ce Prouerbe dans la
bouche des hommes , & rien auffi
de plus veritable, que l'on fe per-
fectionne en trauaillant , & que
l'habitude fait plus que la fcience.
Si vous auiez trauaillé, vous auriez
renchery fur voftre theorie , & en
apprenant la peine qu'il y a d'accommoder vn fujet au Theatre,
vous auriez connu que c'eft eftre
ignorant, que de fçauoir les regles
d'vne chofe fans en auoir fait aucun vfage.

Ie crois auoir fuffifamment combatu vn erreur, que vous ne foû-
tenez qu'à caufe qu'elle vous eft
auantageufe ; & ie veux au moins
vous faire le plaifir de croire que

c'eſt pluſtoſt par vanité , que par ignorance, que vous prenez vn ſi méchant party. Mais ie ne puis m'empeſcher de retourner enſuitte à la charge ſur vos manieres de parler, qui ne ſont pas meilleurs que vos raiſons. Voſtre pratique du Theatre , que vous rappellez preſque dans toutes les pages de voſtre Libelle, eſt tout à fait mal nommée, c'eſt vne theorie, & non vne pratique, l'Vſage ne s'enſeigne point : & ie ſuis eſtonné que vous ayez tant vécu, ſans eſtre inſtruit de cette verité ; & qu'apres vous eſtre venté de ſçauoir ſi parfaitement Ciceron , vous ignoriez ce que les moindres Eſcoliers en ont pû apprendre. Vous ne deuiez pas repeter ſi ſouuent vne ſi méchante choſe ; mais il ne faut pas s'en eſtonner , puiſque vous n'auez écrit contre le Sertorius, que pour afficher vos Ouurages, qui ſe moiſiſfent faute d'achepteurs. Au refte, vous eftes le plus ioly galand du monde, & la Ducheffe a qui vous efcriuez vous eft bien obligée, lors que vous l'accufez de foibleffe, & c'eft luy faire vn compliment tout à fait doux, que de luy dire que vous la voulez détromper : C'eft cajoler en galand de voftre âge, & parler en Pedant, pluftoft qu'en homme du monde.

Vous parlez cependant plus à l'auantage de Monfieur de Corneille, que vous ne croyez, lors que vous reprochez à voftre Ducheffe, qu'elle eft dans les fentiments de ce Prince des Poëtes François, & qu'elle s'y pourroit bien entretenir, par l'opinion de quantité de gens de qualité qui l'approcheront. Enfuite vous reuenez à la comparaifon du chapeau & des fouliers, & dites que l'on connoift bien s'ils laiffent la liberté de tous les mouuemens du corps. Ie ne crois pas que des fou-liers & vn chapeau, puiſſent in-commoder tous les mouuemens du corps ; des ſouliers peuuent in-commoder les pieds, & vn cha-peau peut incommoder la teſte; & ie vous puis aſſurer que quand mon chapeau ſeroit trop large, ie ne laiſſerois pas d'auoir le mouue-ment de la main aſſez libre, pour répondre à vos inuectiues contre Monſieur de Corneille.

De crainte d'eſtre trop long, ie paſſe pardeſſus vne infinité d'au-tres méchantes façons de parler, dont voſtre Ouurage eſt farcy, apres auoir ſeulement remarqué que l'on ne dit point, *éclairer la conduitte*, mais bien, *éclairer vn homme dans ſa conduitte* : Que ia-mais on n'oüyt tant parler d'outils, d'inſtrumens & de matiere, en parlant à vne Dame, & que pour

faire le fçauant , vous nommez
fans neceffité l'Orizon , le Meri-
dien , & les Azimuts ; puis que
c'eft d'vne maniere qui ne nous
prouue point que vous connoif-
fiez toutes ces chofes , vous deuriez fçauoir que l'on dit *les graces
de l'art* , & *les delicateffes des Orateurs* , & non *les graces des Orateurs* ;
& que l'on ne dit point *vne com-
plaifance à la multitude* ; Les vingt-
cinq lignes qui fuiuent ne feruent
qu'à prouuer voftre vanité, & vous
ne les auez laiffé échaper à voftre
plume , que pour parler de voftre
Roman de la Philofophie des
Stoïques , & pour dire que vous
fçauez bien faire des Vers , ce que
nous verrons dans l'examen de
voftre Sonnet, où il y a plus de fautes que de mots. Vous adjoûtez
dans le mefme endroit , fans aucune autre neceffité , que celle que
vous vous eftes impofée de vous
loüer,

loüer , que feu Monſieur le Comte
de Fieſque auoit coûtume d'appeller voſtre Zenobie la femme de
Cinna. Ce Heros n'auroit pas voulu repudier Emilie, pour l'épouſer,
le Party n'auroit pas eſté égal , &
ce fameux Romain ſeroit bien-
toſt demeuré veuf ; car il y a long-
temps que Zenobie eſt dans le
Tombeau , ou du moins que l'on
n'en parle que comme d'vne Heroine qui n'eſt connuë que dans
l'Hiſtoire, & non dans la Comedie
que vous en auez faite. Mais lors
que vous dites qu'on la voulu faire paſſer pour la femme de Cinna,
vous ne prenez pas garde que c'eſt
auoüer , que vous eſtes autant au
deſſous de Monſieur de Corneille,
que la femme eſt au deſſous de ſon
mary ; & reconnoiſtre , quelque
dépit que vous faſſe ſon merite,
qu'il vous eſt glorieux que Monſieur le Comte de Fieſque ait mis

voftre Zenobie au deffous de Cinna ; & c'eft, à n'en point mentir, la
plus grande gloire que vous puif-
fiez iamais auoir. Vous reduirez,
continüez-vous , dans la rigueur
de l'Art dramatique, tel fujet qu'il
plaira à Monfieur de Corneille ,
pourueu qu'il foit capable d'eftre
mis fur la Scene ; mais ie fçais
deux chofes qui vous en empef-
cheront, l'vne que vous ne trouuerez iamais de fujet tel que vous en
fouhaittez , & l'autre que les Co-
mediens craindroient de perdre
leur étude , s'ils apprenoient vne
Piece de voftre compofition. Si
vous croyez, toutefois, obfcurcir
la gloire de Monfieur de Corneille
en trauaillant auec luy fur vn mefme fujet, & que vous foyez per-
fuadé que l'on vueille bien joüer
voftre Piece , vous n'auez qu'à
choifir, entre toutes les fiennes , le
fujet qui vous agrée le plus, & lors

que vous l'aurez accommodé au
Theatre, nous verrons si vous effa-
cerez ce Grand homme. Ie crois
qu'il en fera d'accord , parce que
ie le luy ay oüy dire fort fouuent.

Apres vous eftre exceffiuement
loüé, apres auoir dit que vous fça-
uiez bien faire des Vers , & parlé à
l'auantage de voftre Zenobie, vous
perdez fix pages en difcours qui
ne font pas plus neceffaires, vous
y efforçant feulement de prouuer
ce qui fe fçait affez, qu'il ne faut
iamais loüer ce qui n'eft pas bon,
ny blâmer ce qui n'eft pas mauuais; & qu'ainfi il ne faut pas loüer
les défauts d'vn Ouurage, à caufe
qu'il a quelque chofe de bon, ny
blâmer ce qu'il a de bon, à caufe
qu'il a quelque défaut. Tout cela
eftoit vn franc galimatias, qui ne
conclud rien contre Monfieur de
Corneille , & dans lequel vous
n'auez pû encor vous empefcher

de le loüer, plus de trente fois, tant
il eſt difficile de ne pas rendre
iuſtice à ſon merite. Vous le com-
parez à Virgile, qui a, dites-vous,
quelques imperfeétions dans ſon
Eneide. Cette comparaiſon eſt ſi
iuſte, que perſonne ne vous en
blâmera; & pour vous montrer
que tout voſtre raiſonnemēt tour-
ne malgré vous à la loüange de
Monſieur de Corneille, ie ne me
veux ſeruir que de vos paroles.
Vous dites que les choſes ſont
bonnes, quand elles ont plus de
bonnes parties que de mauuaiſes,
& qu'elles ne vallent rien, lors
qu'elles en ont plus de mauuaiſes
que de bonnes. Quand voſtre eſprit, qui ne ſe plaît qu'à critiquer,
trouueroit des fautes dans les Ouurages de Monſieur de Corneille,
vous ne ſçauriez nier, ſans paſſer
pour ridicule, qu'il y a plus de
bonnes parties que de mauuaiſes,

& par confequent vous nous laiffez à conclure que les Ouurages
de Monfieur de Corneille font
bons , & que vous auez tort de les
cenfurer.

Tout le langage qui fuit n'eſt
pas mieux digeré ; on ne dit point
attribuer vn caractere de difcer-
nement, ce font ceux qui iugent
d'vne chofe, qui en font le difcer-
nement ; mais il ne faut pas s'en
étonner , vous auez autant de peine à bien conſtruire, qu'a trouuer
des fautes dans le Sertorius : Et
puis vous auoüez que tous les Ouurages qui fortent de la main de
l'homme, portent des marques de
fa foibleſſe , & de fa corruption ;
c'eſt pourquoy les defordres de
voſtre ſtile font aſſurément des ef-
fets de voſtre infirmité. l'auois
iufques icy defefperé de trouuer
quelque chofe dans voſtre Ouurage, qui marquât voſtre caractere ;

mais enfin , ayant leu ces paroles :
Malheur à vous , dit vn Prophete ,
qui donnez à la Lumiere le nom de Te-
nebres , *& aux Tenebres le nom de*
Lumiere. Malheur à vous , *qui dites*
que la douceur est amere , *& que l'a-*
mertume est douce. Ie me suis écrié
que i'auois trouué Monsieur l'Abbé d'Aubignac , & ie me suis imaginé qu'il alloit quitter le Sertorius , pour faire vn sermon à sa
Duchesse; pource qu'elle n'a peut-
estre personne qui luy en fasse dans
son desert. Mais , helas ! i'ay esté
bien-tost obligé de changer de
sentiment , & reconnu que la mé-
disance & les injures remplissoiēt
le reste de ses Remarques. Ie voudrois bien que vous me fissiez voir
la construction de ce qui suit. *I*
s'est relasché souuent , dites-vous en
parlant de Monsieur de Corneille,
en des sentimens peu raisonnables , *in-*
troduit des passions nouuelles , *& pe*

theatralles , *&c. Vous n'auez pû* ,
dites-vous enfuitte , *applaudir aux*
déreglemens de Monfieur de Corneille;
mais vous deuiez fçauoir que les
déreglemens ne regardent que les
mœurs. Vous dites apres , en parlant de deux ftatuës de marbre, qui
font à Richelieu , *que le Sculpteur*
leur a laiſſé, par rencontre, vne partie
imparfaite. On ne peut laiſſer vne
choſe imparfaite , par rencontre :
Vous adjoûtez, en parlant de cette
partie , *& qui n'a preſque point ſenty*
le cyſeau. Il faudroit dire , ſur laquelle l'art n'a preſque rien fait ,
ou s'eſt negligé ; car ſentir, eſt le
propre des choſes ſenſibles. Comme vos Remarques font pleines
de ſemblables façons de parler, &
qu'il faudroit que ie fiſſe vn volume pour les reprendre toutes , ie
me contenteray d'auoir fait voir
vne partie de celles des cinq ou ſix
premieres pages, & ie crois que ce

doit eſtre aſſez, pour faire connoî-
tre qu'il y en a beaucoup dans le
reſte de l'Ouurage, puis qu'il s'en
rencontre tant en ſi peu de diſcours.

Ainſi ie paſſe aux Remarques ſur
Sertorius; mais ie me trompe, ce
ne ſont que des regles du Poëme
dramatique, auſqueiles il n'eſt pas
beſoin que ie m'arreſte, puis qu'elles ſont generales; qu'elles ne regardent point le Sertorius, & que
Monſieur de Corneille, ny moy,
ne pouuons vous les nier.

Apres que vous auez montré
par vos regles, que le plus grand
défaut d'vn Poëme dramatique,
eſt d'auoir trop de ſujet, & d'eſtre
chargé d'vn trop grand nombre
de perſonnages, differemment en-
gagez dans les affaires de la Scene,
comme auſſi de pluſieurs intrigues qui ne ſont pas neceſſairemēt
attachées les vnes aux autres, ce

que les Grecs nomment *Polymy-thie*, c'eſt à dire, *vne multiplicité de fables, ou d'hiſtoires entaſsées les vnes ſur les autres*, vous voulez conclure qu'il n'y a point de Poëme plus vicieux en cette Polymythie, que le Sertorius de Monſieur de Corneille ; d'autant, dites-vous, qu'il contient cinq hiſtoires qui peuuent, toutes indépendemment l'vne de l'autre, fournir des ſujets raiſonnables pour cinq pieces de Theatre.

En verité, Monſieur, ie ne crois pas qu'il ſoit neceſſaire de répondre à des choſes ſi ridicules ; l'on voit bien qu'elles ne peuuent partir que de la teſte d'vn grand reſ-ueur, & d'vn homme qui fait *la Philoſophie des Stoïques en Roman.* Vous deuez eſtre perſuadé que perſonne n'entrera dans vos ſenti-mens ; puiſque tout Paris n'a pû s'empeſcher de dire, qu'il n'y

auoit prefque point de fujet dans
le Sertorius, & que cette Tragedie
n'a efté admirée que pour les
beaux Vers, & la force des raifon-
nemens qui s'y trouuent. Vous
voulez neantmoins que chaque
perfonnage fuffife pour faire vne
Tragedie; & fi vous auiez aimé les
Suiuantes, Confidentes, ou Dames
d'honneur, vous auriez fans doute dit, que l'on auroit pû faire vn
Poëme dramatique, du perfonnage de Thamire, qui eft Dame
d'honneur de Viriate ; & ie crois
qu'il auroit fallu appeller ce Poëme, *la Suiuante,* ou *la Dame d'honneur*: Mais examinons les cinq fujets que vous pretendez nous faire
trouuer dans Sertorius. Au premier, vous n'y laiffez que le nom
de Sertorius, & vous defirez que
l'on y adjoûte feulement quelques
intrigues , & de petits incidens,
cela ne vaut pas la peine. Dites

moy, ie vous prie, auez-vous bien pensé à ce que vous écriuiez ? perſonne ne doute que quelques intrigues, & de petits incidens, ne pûſſent ſuffire pour vne Piece de Theatre ; mais vous nous deuiez faire voir qu'il y a cinq ſujets dans le Sertorius, ſans qu'il fut neceſſaire d'y rien adjoûter.

Vous voulez que Perpenna puiſſe fournir ſeul aſſez de matiere pour le ſecond Poëme ; mais en y adioûtant auſſi, dites-vous, mille petits euenemens des affaires humaines, on n'en peut encore douter, & mille euenemens, ſans le nom de Perpenna, pourroient ſuffire pour compoſer vn Poëme dramatique.

Ariſtie eſt le ſujet de la troiſiéme Piece de Theatre que vous trouuez dans Sertorius: mais vous eſtes neantmoins d'auis qu'il faudroit qu'elle fit vne Caballe. Vous rai-

sonnez iuste, & ie ne fais point difficulté de croire qu'vne Caballe ne
suffise pour faire vne Piece de
Theatre ; puis qu'elle suffiroit bien
pour exciter vne guerre ciuile.

Le quatriéme sujet de Poëme
dans Sertorius, est Viriate ; mais
vous n'en donnez pas de meilleu-
res raisons que des trois autres, &
de la maniere que vous parlez,
vous dites iustement qu'il faudroit
le faire, afin qu'il y fut, puis qu'il
y faudroit adioûter quelques intrigues de Cour, qui ne font pas souuent vn petit nœud, ny peu de
peine à démeler.

Nous voicy au cinquiéme
Poëme que vous rencontrez dans
cette grande Piece. C'est, dites-
vous, l'histoire de Pompée qui eust
pû faire vne piece de Theatre,
pour peu que Monsieur de Corneille se fut efforcé d'y adioûter :
de maniere que les cinq sujets re-

marquez dans Sertorius, ny fubfi-
ftent que par voftre imagination,
& en prefuppofant toutes les cir-
conftances neceffaires pour la per-
fection d'vn Poëme. N'eft ce pas
perdre fon papier & fa peine, &
s'expofer à la raillerie publique,
que de mettre au iour de femblables réueries ? Vous trouuez du
fujet dans le Sertorius, ainfi que
d'autres auroient fait, en formant
fur le nom de chaque perfonnage le plan d'vne piece entiere ; &
l'on ne doute point qu'il ne s'en
puiffe faire autant fur toutes les
Pieces : Auffi ruïnez-vous tout
d'vn coup ce que vous auez crû
auoir bien eftably, lors que vous
dites en fuitte que toutes ces chofes qui fourniffent tant de fujets
dans Sertorius paroiffent en quelque maniere attachées enfemble,
& de cette façon vous vous faites
railler en penfant faire blâmer les

autres. Pourquoy vouliez - vous
que Monſieur de Corneille dé-
membraſt ſon Poëme en cinq ?
Eſt-ce que vous auiez peur qu'il
manquât de ſujets , & que vous
vouliez qu'il en gardât pour faire
quatre autres pieces ? Si c'eſt celà ,
vous n'auiez qu'à luy dire , afin
qu'il vous remerciât de voſtre
bonne volonté. Vous auez peu de
memoire , puiſque vous auoüez
que vous n'auez pû retenir le ſujet
de Sertorius ; à cela ie ne puis rien
répondre, ſinon que les gens de
voſtre âge n'en ont pas touſiours
autant que les jeunes.

Comme vous affectez de ne tenir aucun ordre dans tout ce que
vous faites , vous repetez encor à
l'auantage de Monſieur de Corneille , que tous les intereſts de ces
cinq perſonnes ſemblent attachez
les vns aux autres : Vous dites encore apres cela (car vous affectez

fort les repetitiõs pour groſſir fort
vos Remarques) que la quantité de
ſujet oſte à Monſieur de Corneille
le moyen de faire voir les ſenti-
mens & les paſſions. Il faut que
vous n'ayez pas bien obſerué Sertorius. Comme il y a peu de ſujet,
tous les Actes, excepté le dernier,
n'ont que trois ou quatre Scenes :
Il y en a meſme qui n'en ont que
deux, & dans l'Acte ſecond Sertorius & Viriate font enſemble vne
Scene qui a prés de deux cens
Vers ; ce qui ne pouroit eſtre, ſi
cette Piece eſtoit ſi pleine de ſujet,
puis qu'en celles où il y en a beaucoup , les Actes ont d'ordinaire
huict ou neuf Scenes. Comme chacun à ſa maniere, auſſi bien pour
les Pieces de Theatre, que pour la
Peinture, la voſtre eſt de faire toûjours parler, & de ne rien conclurre, & tous vos Heros reſſemblent
à ceux des Pieces de College, qui

font en de perpetuelles irrefolutions ; pource que ceux qui les
compofent croiroient qu'elles ne
feroient pas belles, fi leurs Acteurs
n'eftoient prefque toufiours dans
la fureur , & dans la fufpenfion ;
fuiuant cette maxime , *Sertorius*,
dites-vous , *pourroit eftre en doute*
s'il doit aimer à fon âge, s'il doit feruir
vne étrangere, s'il doit preferer cette
amour aux auantages de fa fortune,
s'il doit prier pour Perpenna, s'il doit
preferer les deuoirs de fon amitié aux
tendreffes de fon amour. Perpenna
deuoit demeurer incertain entre fon
amour pour Sertorius, & fon amour
pour Viriate ; ou du moins ne pas re-
foudre fi-toft la mort d'vn fi grand
homme, fon General , fur vn fimple
foupçon qu'il ne luy tient pas parole?
Viriate deuoit douter vn peu dauan-
tage entre la liberté de fa puiffance in-
dépendante, & fon mariage ; Mon-
fieur de Corneille luy pouuoit faire dire

beaucoup de chofes agreables fur les biens & les maux de la fouueraineté d'vne femme, & de fa foûmiſſion en-uers vn Mary. Ariſtie pouuoit eſtre vn peu plus incertaine entre l'injure qu'elle auoit receuë par fon diuorce, & l'amour qui luy reſtoit dans le cœur, & vn mariage de vengeance qu'elle méditoit. Et Pompée ne deuoit pas fans beaucoup de conteſtations fecret-tes en luy-mefme, arreſter les tranſports & les effeſcts de fon amour renaiſſant à la preſence d'Ariſtie. Voila vn torrent d'irrefolutions , & de-quoy faire trente Aŝtes fans rien conclurre, & fans agir autrement, qu'en fe parlant touſiours à foy-mefme. C'eſt de la forte que vous auez fait le fujet de Manlius , où l'on n'eſt pas plus auancé au der-nier Aŝte , qu'au premier ; puis que pendant les cinq on n'entend autre chofe que les irrefolutions de Torquatus, comme ie vous ay

déja fait voir dans ma défence de
Sophonisbe. Il faut que les Heros
lors qu'ils ont refolu vne chofe ,
apres l'auoir muremẽt confiderée,
l'executẽt fans plus faire parêtre de
fufpenfions:& quand ie répondray
à ce que vous auez remarqué fur
chaque Perfonnage en particulier,
ie vous montreray que tous ceux
que vous accufez de n'auoir pas
affez montré d'irrefolution , ont
fait ce qu'ils deuoient faire.

Auant que de nous découurir
tout ce que vous blâmez dans le
Sertorius , vous attaquez la Cataftrophe , & vous dites , *Que c'eſt*
vn grand defaut quand on entend les
ſpectateurs, aprés que la toille eſt tirée,
ſe demander les vns aux autres , qu'eſt
deuenuë vne intrigue de la Scene?
& ce que fait vn des principaux
Perſonnages qu'ils y ont veu? Ie ne
fçais pas pourquoy vous dites tant
de chofes inutiles , & à quoy vous

defirez les faire feruir , puifque
vous ne pouuez pas foûtenir auec
iuftice, que l'on ne fçait point ce
que deuiennent tous les Perfonnages de Sertorius ? Il eft toutefois
conftant que ce Heros & Perpenna
meurent, & que l'on fait le recit de
leur mort : quAriftie & Pompée fe
reconcilient ; & que Viriate ne
trouuant point de Chefs capables
de refifter à Pompée , ny de Roys
dignes de l'efpoufer, elle renonce
à la guerre , ainfi qu'à l'hymenée ,
reçoit la paix que Pompée luy offre , & fait Rome fon heritiere.

Vous aduoüez que la mort de
Sertorius fait la Cataftrophe de
cette Piece ; mais vous voulez
qu'elle foit imparfaitte , à caufe,
dites-vous, que les fpectateurs de-
meurent toufiours dans la peine &
le defir de fçauoir , à quoy il fe feroit refolu , & fi l'amour eut efté
plus fort que l'ambition dans le

cœur de ce Heros, que vous asseu-
rez eftre dans vne incertitude qui
ne finit point. Il faut auoüer que
vous prenez grand plaifir à vous
contredire , & que ces paroles
font bien éloignées de ce que vous
difiez tantoft, en vous efforçant
de prouuer que Sertorius, & tous
les autres perfonnages de cette
Piece, n'eftoient iamais dans le
doute. L'incertitude de Sertorius
n'eftant point finie, le fpectateur ne
voit point, dites-vous, s'il fe de-
termine à fuiure *les efperances de fa*
grandeur , *ou les tendreffes de fes fenti-*
mens , qui eft vne façon de parler
plus extraordinaire que celles que
vous reprenez en Monfieur de
Corneille. Mais ie vous répond
que l'on connoift affez quel eft le
caractere de Sertorius, & qu'il eft
affez bien foûtenu dans toute la
Piece. Toutes fes actions décou-
urent qu'il ne fait rien que pour

ſon party ; que c'eſt vn Politique qui n'en cherche que l'intereſt ; & qui luy ſacrifie iuſques à ſon amour. Vous ne pouuez dire, ſans impoſture, qu'il meurt ſans ſe declarer pour ſa grandeur, ou pour ſon amour ; puiſque dans la derniere Scene qu'il fait auec Viriate, elle luy parle ainſi.

Dés demain,
Aü lieu de Perpenna , donnez-moy
voſtre main.

Neantmoins l'intereſt du party l'oblige à la refuſer ciuilement; en luy diſant pour ſes raiſons que Perpenna ſe pourroit reuolter, qu'il faut auāt qu'il l'épouſe qu'il s'aſſeure du ſecours des amis d'Ariſtie,& qu'vne victoire ou deux pourroient luy donner le moyen de la ſatisfaire auec moins de crainte ; à quoy il ajoûte d'autres choſes qui marquent ſon refus, & qui font que le dépit de ſe voir mépriſée,

oblige cette Reyne à le quitter.
Pouuez-vous opiniâtrer apres cela, que le fpectateur ne voit point fi
Sertorius fe détermine à fuiure les
efperances de fa grandeur , ou les
tendreffes de fes fentimens, fans
l'accufer temerairement d'auoir
auffi peu de lu-miere que vous ?

Vous trouuez que la mort de
Sertorius n'eft fondée que fur vn
leger foupçon de fon Amy ; mais
ie vous feray voir le contraire en
combattant l'endroit où vous
parlez de Perpenna. Vous iugez
encore que la mort de ce Heros ne
finit pas la Piece : Ce qui vous fait
ainfi parler , eft que vous euffiez
voulu qu'on l'euft terminée par le
recit de cette mort. Mais vous
auez dit vous-mefme dans voftre
pratique, & venez encore de dire
dans vos Remarques, *que c'eft vn*
grand defaut quand on entend les fpe-
ctateurs, apres que la Piece eft finie,

se demander les vns aux autres, qu'est
deuenuë vne intrigue de la Scene? ou
ce que fait vn des principaux Person-
nages qu'ils y ont veu? Ie n'ay pour
vous répondre qu'à vous payer de
vos raisõs, & à vous dire que la reconciliation de Pompée & d'Aristie, & la mort de Perpenna, sui-
uent de bien prés la mort de Sertorius; aussi bien que la resolution
que prend Viriate de ne se point
marier; & si vous desaprouuez ces
raisons, ie me consoleray de voir
que vous vous condamnerez
vous-mesme. Vostre esprit chican-
neur vous fait encor remarquer
vne chose sur la mort de Sertorius,
qui se rencontre dans toutes les
Pieces qui ont esté faites. Elle est
trop précipitée, dites-vous, & si
Arcas fut arriué demy heure plû-
tost, auec nouuelle de l'Estat des
affaires de Rome; ou que Pompée
eût eu soin d'enuoyer vn Trom-

pette , pour en aduertir les Romains qui tenoient ce Party , ce
Heros ne feroit pas mort , & les
conjurez n'euffent ofé rien entre-
prendre contre luy. Eft-il poffible
qu'vn homme comme vous, qui
fe picque d'auoir de l'efprit, puiffe
auancer de femblables difcours?
Ne fçauez-vous pas bien que , *fi* ,
n'eft pas vne raifon , & qu'il n'y a
rien à quoy l'on ne le puiffe mettre ? Quand on en vient au, *fi* , c'eft
que l'on ne fçait que dire , & ie
vous pourois répondre que *fi le
Ciel tomboit il y auroit bien des Beftes
prifes*. Lors que les chofes ont pû
arriuer, comme elles font arriuées,
il n'eft plus queftion de fçauoir ce
qui auroit pû les empefcher ; &
voftre , *fi* , n'eft rien dire qui les
ait empefchées. Dans toutes les
Tragedies où l'on fait perir des
innocens , c'eft qu'on prefuppofe
que l'on ne fçauoit pas leur inno-
cence;

cence ; & vous pouriez dire que fi
on l'eut connuë vn moment plû-
toft , on ne les auroit pas fait mourir. Comme vous eftes l'ennemy
declaré de Sertorius , vous dites
qu'il meurt dans vn état qui n'ex-
cite point de compaffion pour
luy. Vous eftes bien infenfible de
regarder fans pitié la mort d'vn
Heros , qui n'a rien fait qui fuft indigne de luy?Et fi voftre cœur n'en
a point efté touché , vous deuez
vous en prendre à fa dureté,& non
à Monfieur de Corneille ? La mort
de Sertorius fait bien plus que
d'exciter de la compaffion pour
luy, elle en fait auoir pour Viriate,
que l'on craint de voir tomber
fous le pouuoir du lafche Perpenna.

La periode qui fuit , & qui regarde encor la cataftrophe , n'eft
qu'vne repetition de ce que vous
auez dit plufieurs fois ; & comme

C

vous l'auoüez, & que ie vous y ay répondu, ie n'en parleray point, ayant aſſez d'autres choſes à vous répondre. *Perpenna, dites-vous, aime Viriate, il prie Sertorius de s'employer auprés d'elle en ſa faueur. Sertorius le fait genereuſement ; mais les mouuemens ſecrets de ſon amour qui le rendent inquiet, donnent quelque ſoupçon à Perpenna, qui eſt ſon Riual ; & ce perfide le tuë ; mais il auoit déja reſolu de le faire auant ce ſoupçon, ce qui fait que cette mort n'eſt pas vn denoüement veritable de cette intrigue ; puis qu'elle n'eut pas laiſſé d'arriuer ſans cela.* Vous voulez conclure par là que Perpenna ne tuë Sertorius que ſur vn ſoupçon, & que comme il auoit reſolu de le faire auparauant, cette mort n'eſt pas le veritable denoüëment de la Piece.

Perpenna ne tuë point Sertorius, ſur vn ſimple ſoupçon, & il fait voir dés l'ouuerture de la Piece,

que l'ambition & l'amour l'on
porté à conspirer contre Sertorius;
mais il dit en mesme temps , que
le bonheur de ce Heros arreste vne
main preste à luy percer le cœur ;
& apres auoir parlé de Viriate
qu'il aime, il dit , en parlant de
Sertorius ,

Et s'il peut me ceder le Trône où ie pretens,
l'immoleray ma hayne à mes desirs contens.

Y eut-il iamais rien de si merueil-
leux que cét endroit?rien de si spiri-
tuel?& rien de si biē imaginé?mais
ie voy bien que vous n'en décou-
urez pas l'art.La resolutiō que Perpenna auoit prise, auant l'ouuerture du Theatre,de faire mourir Sertorius , n'est pas sa mort, mais seulement vne preparation à cét euenement, afin qu'il ne semble pas
qu'on ait pû se determiner à vne
action de cette consequence , &
l'executer en vingt-quatre heures ;
& si vous y prenez bien garde,Per-

penna ne tuë point Sertoriüs,
pource qu'il l'auoit refolu auant
l'ouuerture de la Piece , au contraire , on voit dans la premiere
Scene qu'il eft encor moins refolu
que iamais de le faire perir , eftant
preft de luy laiffer la vie , pourueu
qu'il le ferue auprés de Viriate ; &
Monfieur de Corneille ne l'a fait
parler de la forte, qu'à deffein qu'il
trouua dans tout le cours de la Tragedie, de nouueaux fujets d'immoler fon Riual. Voicy donc ce qui
l'oblige à s'y refoudre , & fi vous y
auiez fait reflexion , vous auriez
reconnu que ce n'eft pas vn fimple foupçon. Sertorius ayant parlé
pour luy à Viriate , & cette Prin-
ceffe voyant en fuite Perpenna , elle luy demande quel rang elle peut
tenir auprés de l'Epoufe de Sertorius, qui regne chez elle , & luy
declare qu'elle ne peut fouffrir vn
autre Souuerain, qui dans fes pro-

pres Eſtats prenne le pas deuant
elle? ce diſcours le ſurprend, &
apres qu'elle l'a quitté, il dit à
Aufide,

A luy rendre ſeruice elle m'ouure vne voye
Que tout mon cœur embraſſe auec excès de ioye.

Voila deux vers qu'vne perſonne comme vous, qui croit ſçauoir
toutes les delicateſſes du Theatre,
ne deuoit pas laiſſer paſſer ſans les
examiner : C'eſt ce qui s'appelle
preparer des incidẽs, ſans les faire
preuoir, & en quoy Monſieur de
Corneille réuſſit admirablement.
Il a par ces deux vers preparé la
mort de Sertorius ; & pour voir ſi
ie me trompe, nous n'auons qu'à
paſſer du ſecond Acte au cinquiéme. Perpenna, apres auoir tué Sertorius, dit à Viriate en entrant ſur
la Scene.

Sertorius eſt mort, ceſſez d'eſtre ialouſe,
Madame, du haut rang qu'auroit pris ſon Epouſe,
Et n'apprehendez plus, comme de ſon viuant,
Qu'en vos propres Eſtats elle ait le pas deuant.

Auoüez la verité , Monſieur,
vous ne vous eſtiez pas apperceu
de cette adreſſe ? & vous n'auiez
pas crû que ce que Viriate auoit
dit à Perpenna luy feroit reſoudre
la mort de Sertorius. Neantmoins
les vers que ie viens de vous marquer fõt aſſez voir que c'eſt le plus
puiſſant motif qui l'ait porté à en-
treprendre ſur la vie de ſon Riual;
Il eſt vray qu'il eſt fortifié par le
ſoupçon qu'Auſide luy iette dans
l'eſprit, que Sertorius ne le ſert pas
bien; mais ce n'eſt pas , cõme vous
le penſez , à cauſe de ce ſoupçon
qu'il le tuë. Sertorius ne meurt pas
non plus ainſi que ie vous l'ay déja
dit,& que ie viens de vous le prouuer , pource que Perpenna auoit
reſolu ſon trépas , auant l'ouuerture de la Piece ; puiſque Viriate
ne luy auoit pas encore demandé
quel rang elle tiendroit auprés
l'Epouſe de ce Heros, & que Mon-

fieur de Corneille ne luy fait dire
à l'ouuerture de la Piece qu'il a
deffein de faire perir Sertorius,
qu'afin de montrer lors qu'il exe-
cute cette perfidie, qu'il y eftoit
tout difpofé, & qu'il ne falloit pas
beaucoup de chofe pour l'y faire
refoudre.

Pour répõdre à ce que vous dites,
touchant les interefts de Viriate,
ie crois qu'il eft à propos de rapporter deux ou trois lignes de vos
Remarques. *Cette Reyne*, dites-
vous, *croit qu' Ariftie eft fa Riuale,*
& que cette Romaine, par fa naiffan-
ce, & fon credit à Rome, fera le grand
obftacle de fon deffein, & c'eft ce qui
fait le nœud de cette hiftoire ; c'eft
pourquoy Viriate refout de la faire
fortir de fes Eftats; mais elle ne fait rien
pour en venir à bout. Si vous auiez
bien leu Sertorius, vous auriez
veu que dans la Scene que Viriate
fait auec Perpenna, elle luy dit,

en parlant d'Ariftie , apres luy
auoir demandé s'il veut la feruir,

Déliurez nos climats de cette vagabonde ,
Qui vient par fon exil troubler vn autre monde ,
Et forcez-là fans bruit d'honnorer d'autres lieux,
De cét illuftre objet qui me bleffe les yeux.
Affez d'autres Eftats luy prefteront azille.

Perpennna l'affeure que pour la
feruir tout luy fera facile , mais
elle ne s'en contente pas , & luy
demande encore vne fois s'il veut
la feruir , & Perpenna luy répond ,

Si ie le veux , i'y cours ,
Madame, & meurs déja d'y confacrer mes jours.

Pouuez-vous dire , apres cela ,
que Viriate n'agit point contre fa
Riuale ? Il faut que vous n'ayez
pas leu cette Scene, & que vous
ayez paffez par deffus, fans vous en
apperceuoir. Ie fçay bien que vous
m'obiecterez que Perpenna ne
fert point Viriate , puis qu'il ne
chaffe point Ariftie ; mais vous ne

regardez pas qu'il la sert d'vn
costé , tandis que cette Reyne
croit qu'il la seruira d'vn autre. Viriate vouloit chasser Aristie , afin
qu'elle ne tinst point le premier
rang dans ses Estats, en épousant
Sertorius ; & Perpenna la satisfait
en sacrifiant ce Heros. Vous faites
ensüitte le railleur , en disant que
c'est traueftir Viriate en deuote, &
luy faire faire vœu de virginité,
que de luy faire dire qu'elle ne
veut plus penser au mariage.
Voyons de quelle maniere cette
Reyne fait ce veu de virginité, &
cét endroit paroist si ridicule,
qu'vn autre que vous ne puisse
s'empescher d'en rire ? Viriate dit
à Pompée à la fin de la Piece,

I'accepte la Paix que vous m'auez offerte ,
C'est tout ce que ie puis , Seigneur, apres ma perte:
Elle est irreparable , & comme ie ne voy
Ny Chefs dignes de vous , ny Roys dignes de moy,
Ie renonce à la guerre ainsi qu'à l'hymenée ;
Mais i'ayme encor l'honneur du Trône où ie suis née:

D'vne iuste amité ie sçay garder les Loix,
Et ne sçay point regner comme regnent nos-Roys.
S'il faut que sous vostre ordre ainsi qu'eux ie do-
    mine,
Ie m'enseueliray sous ma propre ruine:
Mais si ie puis regner sans honte, & sans époux,
Ie ne veux d'heritiers que vostre Rome, où vous.

J'aurois dequoy m'étēdre là desfus; mais cōme ces vers en difent affez, ie n'entreprendray point de les commenter; Ie me contenteray de vous demander par quelle raifon vous blâmez Monfieur de Corneille, de n'auoir pas fait marier Viriate ? Eft-ce la premiere Tragedie où vne Maiftreffe perd fon Amant, & pourriez-vous en montrer vne où cela n'arriue pas ? Vous dites encor de Viriate, que l'on ne la pleint point de perdre Sertorius, pource qu'elle ne l'aimoit que par ambition. Y a-t'il quelque regle du Poëme Dramatique, qui veüille que l'on ne plaigne que les Amants malheureux ? Les perfonnes qui ont de l'efprit,

de la generosité, & du malheur,
ne doiuent-elles pas estre plaintes?
& ne peut-on auoir de tendres
sentimens que pour celles qui ont
de mauuais succés dans leurs
amours? C'est ce qui deuroit estre
condamné , & non ce que vous
blâmez ; & plaindre quelqu'vn
qui ressent de la douleur, de ce que
son amour n'a pas réüssi, c'est le
plaindre de ce qu'il a beaucoup de
foiblesse. L'on doit auoir plus de
compassion pour Viriate , que
pour ces Amantes infortunées;
c'est vne femme d'esprit, qui n'a
rien fait qui fût indigne d'vne
Reyne. Elle perd Sertorius qui la
soûtenoit depuis plusieurs années;
elle auoit mesme quelque espe-
rance de l'épouser ; & elle se trouue par sa mort exposée au pouuoir
& à la tyrannie des Romains. Il
me semble que c'est estre dans vn
estat aussi pitoyable que celuy des

Amantes que l'on plaint dans les
Tragedies, pour auoir perdu leurs
Amants.

Vous faites vn grand difcours
touchant Ariftie, qui n'aboutit
qu'à vouloir perfuader peu iudi-
cieufement que Pompée pouuoit
fe reconcilier auec elle, fans auoir
befoin de la mort de Sertorius; ne
fongeant pas que tout le fujet de
cette Tragedie roule fur luy. Il
pouuoit époufer Ariftie, & empefcher par fon mariage que Pompée fe reconciliât auec elle. Comme il eft le Heros, le fort des autres
dépend du fien. Qui vous a dit que
fans fa mort l'on eût ouuert les
portes de la ville à Pompée, &
qu'on l'eut trahy comme Perpenna? Sa mort attire encore celle de
ce Traiftre, qui l'a affaffiné; elle
eft caufe que Viriate accepte la
Paix; c'eft enfin cette mort qui dé-
nouë toute la Piece, & qui regle

le fort de tous les Acteurs ; ce qui montre clairement que vous vous eftes abufé en tout ce que vous auez foûtenu au contraire. Ie ne fçay pas fi vous faites l'ignorant exprés, pour auoir fujet de repren-dre Monfieur de Corneille ; mais ie fçay bien que vous vous trom-pez fouuent, & cela vous arriue encor lors que vous dites qu'Ari-ftie prie fon Protecteur de trauail-ler à fa reconciliation auec fon mary, dans l'entreueuë qu'il doit auoir auec luy. Mais comme vous ne me croiriez peut-eftre pas, voi-cy les vers qu'elle luy dit.

I'apprens qu'vn infidelle , autrefois, mon Efpous ,
Vient iufques dans ces Murs conferer auec vous.
L'ordre de fon Tyran , & fa flâme inquiete
Me pourront enuier l'honneur de ma retraite ,
L'vn en preuoit la fuite, & l'autre en craint l'éclat,
Et tous les deux contre-elle ont leur raifon d'eftat.
Ie vous demande donc, feureté toute entiere
Contre la violence , & contre la priere ;
Si par l'vn ou par l'autre , il veut fe reffaifir
De ce qu'il ne peut voir ailleurs fans déplaifir.

Vous voyez par ces Vers qu'elle dit tout le contraire de ce que vous luy faites dire dans voſtre Proſe, & qu'vne perſonne qui demande ſeureté contre la violence, & contre la priere, ne demande pas que l'on trauaille à ſa reconciliation.

Vous eſtes pitoyable à contretemps, & vous auez de la douleur de ce qu'Emilie, qui n'a point parû ſur la Scene, eſt morte en accouchant. Vous blâmez cét euenement, comme s'il n'eſtoit pas vray-ſemblable, comme s'il n'eſtoit pas ordinaire, & comme ſi Monſieur de Corneille ne l'auoit pas preparé dés le troiſiéme Acte, auec tant de precaution, qu'on ne la ſçauroit condamner.

A cauſe que tous les Perſonnages de cette Tragedie ont de grãds intereſts, vous ne voulez pas qu'elle ſe puiſſe toute paſſer dans vn meſme lieu; & neantmoins il eſt

vray qu'elle s'y peut paſſer , & ſe
paſſe , en effeƈt , toute entiere dans
le Cabinet de Viriate ; & ie vous
apprens , ſi vous ne le ſçauez pas ,
que ce que l'on appelle Cabinets
chez les Grands , ſont des anti-
chambres , où pluſieurs perſonnes
ſe peuuent, en diuers endroits , entretenir enſemble de leurs affaires
les plus ſecrettes. Ce ſont pures
réueries , de dire cét Aƈte eſt dans
vne chambre , & cét autre eſt dans
vne autre : c'eſt auancer des choſes que vous ne ſçauriez prouuer ;
vous deuriez auſſi chercher des
lieux pour chaque Vers , & dire ,
celuy-cy ſeroit bon dans ce lieu-
là , & celuy-là dans vn autre. Vous
ne pouuez ſoûtenir , ſans vous faire railler , que Sertorius ne peut
loger dans le meſme Palais où lo-
ge Viriate, puiſque c'eſt vne choſe
auſſi vraye-ſemblable que poſſi-
ble, & que le Roy de France , qui

vaut bien Viriate, fit, il y a quatre
ou cinq ans, loger auec luy dans le
Louure, la Reyne de Suede, & le
Duc de Modene. Les Palais des
Roys font des Villes, dont les dif-
ferens Appartemens , font les
Quartiers. Voftre grand difcours,
touchant les trois vnitez , eft fi
inutile, que ie les paffe fans y faire
de reflexion, ayant defia répondu à
trop d'autres auffi hors d'œuure,
& dont vous auez remply voftre
critique feulement , pour vous
donner des loüanges , que perfonne ne vous donne.

Vous nous affurez que vous n'a-
uez pas fait voftre Pratique du
Theatre pour inftruire le public,
& que c'eft vn Phantôme que vous
ne connoiffez point, & auec lequel vous ne pretendez point de
commerce. Ie ne voy pas que cela
ait rien de commun auec Sertorius, & que cela ferue à autre cho-

se, qu'à groffir voftre Liure ; mais fi vous voulez que ie vous y ré-ponde, ie vous diray, que puif-que vous n'auez point écrit pour le Public, vous n'auez donc écrit pour perfonne ; puifque fous le nom de Public, l'on comprend toutes fortes de perfonnes. Ie commence, toutefois, de m'aper-ceuoir que vous auez raifon de parler ainfi, & que vous auez plus recherché voftre vtilité, que l'vti-lité publique, puis que vous ne l'auez fait imprimer que pour les deux cens écus que vous en auez receus du Libraire. Ie ne vous dis pas cela fans fujet ; & ie le feray voir dans la fuitte, puifque vous m'y obligez en plus de quatre en-droits de vos Remarques. Mais pour paffer d'vne chofe fi vile, à l'vn des grands hommes des fie-cles paffez, vous n'auez pas raifon de foûtenir que Pompée ne pou-

uoit pas venir à Nertobrige deux
fois en vn mefme iour. Quand
Pompée n'apprendroit pas en che-
min le changement des affaires de
Rome, & qu'il ne reuiendroit
point fur fes pas, ce qui ofte toute
la difficulté que vous y trouuez, il
pourroit bien venir deux fois en
vn iour, en vne mefme Ville. Il eft
General d'Armée, dites-vous, &
c'eft pour cela qu'il doit marcher
plus vifte; puis que les commodi-
tez ne luy peuuent manquer, &
qu'il ne vient point à la tefte d'vne
Armée. Vous nous voulez enfuitte
donner vos penfées pour regles,
& vous dénoüez la Piece à voftre
fantaifie; mais quand ce que vous
propofez feroit bien raifonnable,
Monfieur de Corneille n'auroit
pas moins bien réüffi, puis qu'il
n'y a point de fujet, qui ne puiffe
eftre conduit en cent differentes
façons.

Vous voulez auffi qu'Ariftote
n'ait donné que douze heures
pour la durée des Poëmes dramatiques, & vous faites voir, en l'in-
terpretant à voftre fantaifie, que
vous ignorez l'Aftrologie, & que
i'auois raifon de dire, tantoft, que
vous en parliez d'vne maniere qui
faifoit douter que vous la fceuf-
fiez. Neantmoins lors que Monfieur de Corneille l'interprete autrement, & qu'il nous fait voir
qu'Ariftote en a donné vingt &
quatre, vous dites qu'il eft dans
l'erreur. Vous vous foûleuez encor, lors qu'il dit que l'on peut
adjoûter cinq ou fix heures au
temps que donne Ariftote ; mais
vous ne vous fouuenez pas que ce
Philofophe a dit, luy-mefme, que
l'on y pouuoit adjoûter vn peu de
temps, pour lequel Monfieur de
Corneille a quelquefois pris cinq
ou fix heures. Vous dites qu'il n'y

a point de Poëte qui ne puiſſe, auſſi bien que luy, y adjoûter encor
dix heures, & vn autre encore autant, de ſorte que cette meſure
n'auroit point de bornes ; mais ie
vous répond qu'ils n'en doiuent
pas adjoûter ſur celuy que Monſieur de Corneille adjoûte ; mais
ſur celuy qu'Ariſtote a permis, &
s'ils n'en vſent pas auec diſcre-
tion, l'Autheur de Sertorius n'en
doit pas eſtre blâmé.

Vous ne pouuez ſouffrir que
Monſieur de Corneille cite ſes
Ouurages dans les diſcours qu'il a
faits ſur l'Art du Theatre. Ie ne
ſçay pas contre quelle regle il pe-
che, en ne citant point ceux des
autres Autheurs ; mais ie ſçay bien
qu'il y en a qui ſeroient fâchez
qu'il les traittât de la maniere qu'il
ſe traitte luy-meſme ; & vous auez
tort de le vouloir obliger d'em-
prunter ailleurs, ce qu'il trouue

chez luy. Comme ce qu'il a efcrit
du Theatre eft dans les recueils de
fes Oeuures , lors qu'il parle de
quelqu'vne de fes Pieces, l'on la
peut voir en mefme temps ; ce qui
ne fe pouroit faire, fans difficulté,
s'il en citoit d'autres.

Vous trouuez que Sertorius eft
vn lafche, & qu'il abandonne Perpenna fon Amy : Cette lafcheté
ne paroift neantmoins pas ; Il eft
vray que dans fon dernier entretien auec Perpenna, ce Lieutenant
luy témoigne, en parlant de Viriate, qu'il craint qu'il ne l'ait remply
d'vn friuole efpoir ; mais noftre
Heros, toûjours égal, & toûjours
genereux, luy répond.

Non ie vous l'ay cedée , & vous tiendray parole,
Ie l'aime, & vous la donne encor malgré mon feu.

Ie ne fçay pas pourquoy vous
ofez l'accufer, apres cela, de lafcheté, & dire qu'il ne perfeuere
pas, & qu'il abandonne fon Amy.

Ie vous ay déja répondu deux
ou trois fois, à ce qui fuit, touchant
Perpenna, & vous auez repeté la
mefme chofe en diuers endroits
de vos Remarques.

Vous dites que Viriate deuoit
faire parler d'amour à Sertorius,
par fes Miniftres, & quelle choque
la pudeur : Vous dites encor deux
lignes plus bas, qu'il falloit qu'elle
mélât quelque tendreffe dans fes
difcours. C'eft la reprendre de ce
qu'elle choque fa pudeur , & la
blâmer en mefme temps , de ce
qu'elle ne la choque pas affez.
Mais fi nous voyons tous les iours
fur le Theatre , que des femmes
parlent elles-mefmes de leur
amour , Viriate peut bien parler
du fien, fans choquer la bien-fean-
ce, puifque ce n'eft qu'vn amour
de Politique, & qu'elle ne le cache
pas mefme à Sertorius.

Il faut que voftre imagination

soit bien remplie de vilaines idées ; puisque vous dites, *que la Scene de Pompée auec Aristie, en peut laisser, & qu'elle semble faire entendre, que pour conseruer Aristie, il falloit qu'vn mary se reseruàt tout entier pour elle* ; Cette femme ne dit rien qui approche de ces paroles, puis qu'apres que Pompée luy a dit, qu'encore qu'Emilie paroisse sa femme, elle n'en a que le nom : elle luy repond en veritable Heroine.

Et ce Nom seul est tout pour celles de ma sorte.
Rendez-le moy, Seigneur, ce grãd Nom qu'elle porte,
l'aimay vostre tendresse, & vos empressemens,
Mais ie suis au dessus de ces attachemens,
Et tout me sera doux, si ma trame coupée
Me rend à mes ayeux en femme de Pompée,
Et que sur mon Tombeau ce grand titre graué
Montre à tout l'Vniuers que ie l'ay conserué.

Ie ne iuge pas qu'il y ait rien dans ces Vers, qui puisse laisser de vilaines idées, ny qui sente ce qu'vn homme de vostre caractere, & de

voſtre âge, ne deuroit pas penſer,
& que ie n'oſe expliquer.

Vos diſcours nous font voir que
ſi vous auiez vne femme, vous ſeriez le meilleur mary du monde,
& que vous feriez bien des laſche-
tez pour luy plaire. Vous ne trouuez pas que Pompée ſoit vn Heros, à cauſe qu'il n'immole point
ſa gloire à ſon amour. Vous voulez qu'vn General d'Armée prenne la fuitte, qu'il emmeine ſa femme en crouppe; qu'il ſe rende va-
gabond ſur la Mer, & ſur la Terre;
qu'il implore l'aſſiſtance de tous
les Peuples, & qu'il s'expoſe aux
dernieres perſecutions, & cela,
dites-vous, pour ſuiure l'exemple
des Maris genereux. C'eſt vn
exemple qu'il ne faut pas toûjours
ſuiure; & ie doute qu'vn homme
qui auroit agy de la ſorte, pût
eſtre mis au nombre des Heros.
D'ailleurs l'affaire n'eſt pas dans
l'extremité

l'extremité où vous la mettez ; Pompée agit auec beaucoup de prudence;il veut conferuer fa gloi- re & fon amour ; & il ne feint de quitter fa femme, qu'à caufe qu'il voit que les affaires font preftes à changer de face. Auffi, luy dit-il,

Demeurez en eftat d'eftre toufiours ma femme,
Gardez iufqu'au tombeau l'empire de mon ame.
Sylla n'a que fon temps, il eft vieil & caßé,
Son regne paßera, s'il n'eft déja paßé,
Ce grand pouuoir luy pefe, il s'aprefte à le rendre,
Comme à Sertorius ie veux bien vous l'apprendre.

Et plus bas,

Peut-eftre touchons-nous au moment defiré
Qui fçaura réunir ce qu'on a feparé.

On peut voir par là que Pompée n'abandonne n'y fa gloire ny fa femme,& qu'il ne feint, comme ie viens de remarquer, que pource qu'il fe voit fur le point de con- feruer l'vne & l'autre.

Sertorius ayant fait vne peinture aduantageufe à Viriate de l'vn de fes Amans, luy nomme Perpenna,

D

& cette Reyne luy répond,
I'attendois voftre Nom apres ces qualitez.

Vous auoüez que le Parterre éclatte, & vous eftes au defefpoir de ce qu'au lieu de dire, *voila vn bel endroit !* il s'écrie, *voila qui eft admirable !* Cette remarque ne conclut rien contre le Sertorius; elle ne regarde que le Peuple, & fait voir feulement le dépit que vous reffentez, lors que l'on donne quelque loüange à Monfieur de Corneille. Vous auoüez que l'on le loüe; mais voftre jaloufie vous empefche de goûter les loüanges que l'on luy donne; & pour empefcher qu'il n'en reçoiue à l'auenir; vous allez, dit-on, faire vn Liure qui fera intitulé; *La maniere d'applaudir aux Poëmes Dramatiques*, où vous ferez voir que l'on loüe tous les jours bien des chofes que l'on deuroit condamner.

Vous paroiffez encor fort e

colere contre Sertorius, de ce qu'il
parle à Viriate en faueur de fon
Lieutenant ; mais vous ne fongez
pas que ce Lieutenant eft d'vn
fang beaucoup plus illuftre que
luy ; & que noftre Heros preferant
toutes chofes à l'auātage de fō party, fait tout ce qu'il peut pour luy
cōferuer vn homme de fa qualité.

L'on ne s'étonne point de vous
voir blâmer la Conference de Sertorius & de Pompée: car l'on fçait
que vous ne fçauriez rien voir de
beau fans beaucoup de chagrin. &
que vous vous attachez principa-
lement à cenfurerles belles chofes.
Voicy ce que Monfieur de Corneille a mis dans faPreface du Sertorius, touchant cette conference.

Pompée femble s'ècarter vn pcu de
la prudence d'vn General d'Armée,
lors que fur la foy de Sertorius il vient
conferer auec luy dans vne Ville,
dont ce Chef du party contraire eſ

maiſtre abſolu; mais c'eſt vne confien-
ce de genereux à genereux , & de
Romain à Romain , qui luy donne
quelque droit de ne craindre aucune
ſupercherie de la part d'vn ſi grand
homme. Ce n'eſt pas que ie ne veüille
bien accorder aux Critiques , qu'il n'a
pas aſſez pourueu à ſa propre ſeureté ,
mais il m'eſtoit impoſſible de garder
l'vnité de lieu, ſans luy faire faire cette
échappée , qu'il faut imputer à l'in-
commodité de la regle , plus qu'à moy
qui l'ay bien veuë. Si vous ne voulez la
pardonner à l'impatience qu'il auoit
de voir ſa femme dont ie le fais encor
ſi paſſionné , & à la peur qu'elle ne
prit vn autre mary , faute de ſçauoir
ſes intentions pour elle , vous la par-
donnerez au plaiſir qu'on a pris à cette
conference , que quelques-vns des pre-
miers de la Cour , & pour la naiſſan-
ce , & pour l'eſprit , ont eſtimé autant
qu'vne Piece entiere. Vous n'en ſerez
pas deſauoüé par Ariſtote , qui

souffre qu'on mette quelquefois des
choses sans raison sur le Theatre,
quand il y a apparence qu'elles seront
bien receuës, & qu'on a lieu de'sperer
que les auantages que le Poëme en
tirera pouront meriter cette grace.

Monsieur de Corneille répōd ainsi a vne partie de ce que vous reprenez, & ie vais répondre au reste.

Vous trouuez que le commen-
cement de cette Conference est
chargé de grands complimens en-
nuyeux. Est-il possible que vous
ne puissiez iamais découurir l'a-
dress de ce grand homme? & que
vous blâmiez tousiours les choses
qui doiuent estre les plus admi-
rées? Si vous auiez leu la vie de
Sertorius, vous auriez connu que
celuy qui le fait reuiure sur la
Scene, soûtient son caractere
d'vne façon bien ingenieuse &
bien delicate. Ce Heros, dans
l'histoire, fait des leçons à Pom-

pée, & le traitte de petit garçon ;
dit qu'il le renuoyera à Rome à
coups de verges : Monſieur de
Corneille qui a voulu adoucir cét
endroit, & conſeruer neantmoins
la fierté de Sertorius, dans les
complimens qu'il luy fait faire à
Pompée, luy fait méler des leçons
parmy ſes ciuilitez. Vous vous
perſûadez que la fin de cette conference n'eſt pas meilleure, &
qu'ils en ſortent auec la meſme
froideur qu'ils y ſont entrez, ſans
aucune reſolution, & meſme ſans
aucunes propoſitions d'accommodement : Vous vouliez, ſans
doute, que Pompée parlât en
Aduocat, qu'il diuiſât ſon diſcours, & qu'il en fit remarquer les
points : Mais il me ſemble qu'il
vous ſatisfait en expliquant les
raiſons de ſa venuë ; l'vne pour
voir Sertorius, & l'autre pour
eſſayer de le rendre à la Republi-

que ; car il dit à Sertorius dans le milieu de cette Conference,

Vne seconde fois n'est-il aucune voye
Par où ie puisse à Rome emporter quelque ioye ?
Elle seroit extréme , à trouuer les moyens.
De rendre vn si grand homme à ses Concitoyens :
Il est doux de reuoir les murs de sa patrie ,
C'est elle par ma voix , Seigneur , qui vous en prie.

Sertorius luy replique qu'il ne sçait qu'vn moyen , qui est de s'vnir ensemble contre Sylla. Pompée luy répond qu'il commande, & qu'il ne peut seruir sous vn autre , sans honte. Sertorius luy dit qu'il sera son Lieutenant ; & Pompée luy fait voir que de pareils Lieutenans n'ont des Chefs qu'en idée. Ensuitte , il luy propose vne autre voye d'accommodement , & luy dit , que s'il veut mettre les armes bas , Sylla quittera sa Dictature. Ie laisse apres cela iuger au public , si ces grands hommes ne parlent point d'accommodement : Mais vous trouuez étrange

D iiij

que Pompée & Sertorius fe quit-
tent fans aucune refolution. Dites-
moy, ie vous prie, feu Monfieur
le Cardinal conclut-il la Paix en
la premiere Conference , & des
affaires de cette importance fe
terminent-elles en deux heures?
Ie vous pourois dire encore, que
fe determiner à n'entendre aucune propofition d'accommodement, eft prendre vne refolution,
& c'eft ce que fait Sertorius. Vous
croyez auoir fait vn difcours bien
pointu , lors que vous auez dit
que les fautes de la Conference de
Pompée & de Sertorius vous demeu-
rant en l'efprit pendant tout leur en-
tretien, émouffoient toutes les pointes
de leurs difcours , & celles de voftre
plaifir. Ie ne crois pas que l'on
puiffe rien dire de plus méchant,
& que l'on puiffe deuiner ce que
c'eft, *que les pointes du plaifir.*

Vous blâmez des chofes aufquel-

les perſonne n'a iamais trouué à
redire,& vous ne ſçauriez ſouffrir
les interruptions au milieu du diſcours d'vn Acteur : Neantmoins
il n'y a rien de plus ordinaire, ny
qui repreſente plus au naturel les
actions humaines. Ceux qui in-
terrompent les autres, ne le font
que par le deſir de répondre, &
de crainte de perdre ce qu'ils ont
à dire , & non comme vous le dites, à cauſe que celuy qui parle eſt
ſur le point de dire vne ſottiſe.
Ce n'eſt pas que cela ne puiſſe arriuer , mais ſeulement dans les
Pieces Comiques , & tres-rare-
ment. Comme le plus ſouuent
vous reprenez imprudemment,
faute d'auoir bien examiné , vous
deſirez que Monſieur de Corneille
faſſe parler Pompée , ou quelqu'autre Acteur , pendant que les
lettres d'Ariſtie brûlent : & ſi vous
y auiez bien pris garde, vous au-

riez veu que Perpenna fait ce que vous souhaittez , & qu'estonné de l'action de Pompée , il luy dit, *mais Dieux! Seigneur, qu'allez-vous faire ?* Mais quand nostre illustre Autheur y auroit manqué , ie ne croy pas que cela fust capable d'obscurcir sa gloire.

I'ay pitié de vous , lors que vous blâmez, *donner la main*, & que vous voulez qu'on die, *consentir à vn mariage*, outre que ces paroles ne sont point Poëtiques , elles n'auroient pas bonne grace dans vne Piece serieuse; & cette obseruation est si ridicule , qu'elle vous expose à la raillerie de tout le monde.

Ie n'ay pû m'empescher de rire lors que vous soûtenez auec tant d'opiniastreté que l'on prend pour Sertorius , le premier Personnage qui entre sur la Scene. Cependant Perpenna , qui ouure le Theatre, dit, dés le sept ou huictiéme vers ,

Et de Sertorius le furprenant bon-heur,
Arrefte vne main prefte à luy percer le cœur.

Et dans tout le refte de la Scene,
Aufide luy perfuade d'immoler ce
Heros ; ce qui fait affez voir que ce
n'eft pas luy, puifque l'on ne parle
que de le faire mourir. Vous deuriez relire plufieurs fois les chofes que vous voulez critiquer,
pour ne pas tomber dans des fautes fi confiderables , lors que vous
voulez reprendre celles des autres. Vous continuez, en difant,
que Perpenna n'eft connu qu'au
cinquante-feptiéme vers de la fe-
conde Scene; ce qui, à voftre fens,
embroüille fort le Spectateur.
Mais quel eft le plus important à
fçauoir, où le nom d'vn Perfonnage, ou fon employ, & fes interefts ? Ie tiens que qui connoift
l'employ & les interefts d'vn
homme n'eft point embaraffé , &
peut comprendre tout ce qu'il dit;

& que qui ne fçait que le nom, ne
fçait rien que confufément. Ainſi
eſtant, vous ne pouuez accuſer
Monſieur de Corneille d'auoir
mal fait ; puiſque iuſques à l'endroit où il nomme Perpenna, il
n'y a pas vn vers qui ne découure
qui il eſt, & quels ſont ſes intereſts.
Mais vous paſſez de cette remarque à la critique de ce vers &
demy, que vous dites eſtre vn pur
galimathias.

Et que veut dire
Que mon cœur, ſur mes ſens, garde ſi peu d'empire.

Pour vous répondre à, *que veut*
dire, l'on auroit raiſon de vous
demander ce que vous voulez dire vous-meſme, & pourquoy
vous blâmez vne choſe que tout
le monde dit, & que tout le monde écrit ? S'il m'eſtoit permis de
vous parler Latin, ie vous ferois
voir que cette façon de parler
n'eſt pas moins en vſage chez les

Latins, que chez les François, &
que nous la tenons d'eux. Ie ne
fçay pas pourquoy vous trouuez
mauuais qu'vn cœur garde de
l'empire fur fes vœux : les vœux
font les enfans du cœur ; puifque
c'eft luy qui les forme, & par confequent il peut garder de l'empire
fur eux.

Vous ne voulez pas que l'on
demande fureté contre la priere ;
mais vous deuriez fçauoir que la
priere d'vn homme qui peut tout,
eft vn commandement, & qu'elle
eft fouuent foûtenuë de la force.
Vous affeurez qu'Ariftie, prie elle-
mefme Pompée, apres auoir demandé à Sertorius fureté contre
luy. I'ay releu deux ou trois fois
cette Scene, fans trouuer ce que
vous dites, & vous me feriez plaifir de me le montrer.

Vous defireriez que toutes les
narrations fuffent placées en d'au-

tres lieux. Vous rapportez là deffus quelques endroits du Poëme
Dramatique ; mais comme vous
ne dites rien en particulier de
Sertorius , ie n'ay rien à vous y
répondre.

Ce que vous auancez, touchant
la cinquiéme Scene du fecond
Acte , eft faux. Perpenna ne va
point cajoller Viriate , au lieu
d'aller receuoir Pompée ; & il dit
à la fin de cette Scene ,

Cependant de nos murs on découure Pompée,
Tu fçais qu'on me l'a dit , allons le receuoir;
Puifque Sertorius m'impofe ce deuoir.

Ce qu'il fait , puis qu'il finit le fecond Acte , auec ces Vers , & que
Pompée ouure le troifiéme.

Ie vous ay répondu à tout ce
que vous repetez encore du troifiéme Acte.

Vous ne fçauriez fouffrir qu'Ariftie , apres auoir dit deux ou trois
fois , *plus de Sertorius* , fe pleigne à

Pompée de ce qu'il ne luy répond pas à son exemple, *plus d' Emilie.* Ie sçay bien que c'est perdre du papier que de répõdre à ces bagatelles, mais ie vous diray neantmoins que cette repetition que vous trouuez froide , est extrémement chaude , & que vous ne sçauez pas ce qui jouë au Theatre.

Vous ne dites rien touchant la Scene premiere de l'Acte quatriéme, que vous ne repetiez par tout, où vous parlez de Suiuantes.

Il faut que vous n'ayez point de goust pour les bonnes choses; puisque vous blasmez la seconde Scene du mesme Acte. Nous en auons peu veu d'aussi belles, & tous les gens d'esprit l'ont admirée. L'on y voit vn Romain , qui malgré la violence de sa passion , refuse la main de l'objet qu'il aime , & qui sçait immoler son amour à l'interest de son party , & à la gloire de

fa patrie. Vous voulez qu'il épou-
fe Viriate, à caufe qu'il luy a declaré qu'il l'aime ; mais cette raifon
n'eft pas affez forte pour le con-
traindre d'abandonner fa Patrie,
qu'il aime tendrement ; & cette
declaration , & l'aueu de cette
Reyne , ne feruent qu'à faire voir
combien ce Heros a de pouuoir
fur luy-mefme.

Ie ne fçay pas où vous trouuez
de l'ironie , & des obfcuritez dans
la Scene , dont vous parlez enfuitte ; & ie ne vous puis donner de
raifons qui combattent ce que
vous ne m'expliquez point.

L'ouuerture du cinquiefme Acte
vous choque, à caufe qu'elle fe fait
par la fuitte d'vne Conuerfation,
entre Viriate & Ariftie ; & vous
voulez , fans en donner aucunes
raifons,qu'elles l'acheuent où elles
l'ont commencée.

N'eft-ce pas s'arrefter à la bagatelle, que de dire que les noms de Manlius, & d'Anthoine, que l'on dit qui ont esté tuez, lors que Pompée a surpris la Ville, jettent de la confusion dans l'esprit du spectateur, pource qu'ils n'ont point parû sur la Scene. Il faudroit qu'il fût aussi facile à embarasser que le vostre. L'on connoist assez que ces deux hommes sont creatures de Perpenna, & qu'ils ont esté employez pour faire mourir Sertorius; ce qui devoit suffire pour vous tirer d'embaras.

Vous reuenez aux Vers; & apres auoir blasmé les metaphores, vous en tournez deux de Sertorius en Prose, que vous dites, qui ne forment à l'esprit que des riens éclattans, & vous n'en donnez point de raison.

Vous censurez aussi cét autre qui suit.

Que sa premiere flâme en haine conuertie.

Il femble que vous n'ayez iamais leu de Poëtes François , & que vous ne fçachiez pas qu'ils vſent ſouuent du mot de flâme , pour celuy d'amour. Dans quatre lignes que vous employez , pour reprendre vn Vers, vous faites quatre fautes conſiderables. Vous dites que de la flâme ſe peut éteindre, & ne laiſſer que de la cendre froide. L'on n'a encor iamais veu de la flâme laiſſer de la cendre ; & comme cela ne ſe peut faire , il ne ſe peut dire par vn homme raiſonnable , non plus qu'auoir quatre choſes à l'eſprit, que vous mettez dans le meſme endroit. Vous reprenez.

Vn commerce rampant de ſoûpirs & de flâme.

Et dites que les ſoûpirs & les flâmes ne rampent point : Auſſi, n'eſt-ce pas ce que Monſieur de Corneille a voulu dire ; &, *rampant*, eſt d'epithete de *commerce* , & n'a rien à déméler auec les flâmes & les foûpirs.

Les Vers qui fuiuent ne font, fi l'on vous en veut croire, qu'vn franc galimathias.

I'adore les grand. Noms que i'en ay pour oftages ;
Et voy que leurs fecours, nous rehauffant le bras,
Auroit bien-toft jetté la tyrannie à bas.

Ils font fort intelligibles, & ils le feroient encor plus, fi vous auiez repeté ceux qui les precedent. Le fecours d'vn Nom, eft ce qui vous choque; mais c'eft vne façõ de parler, dont on fe fert ordinairement: c'eft vne partie qui eft prife pour le tout, & vous deuriez fçauoir, que quand on dit, *cinquante voifles*, & *cinquante cheuaux*, l'on entend *cinquante Vaiffeaux*, & *cinquante Caualiers*.

Vous vous plaifez fort à faire des pointes, & vous ne reprenez *exil enueloppé d'ennuys*, que pour dire, que c'eft vne nouuelle enue●

loppe. Vous voulez que Monſieur de Corneille mette *accompagné*; mais *accompagne* n'exprime pas aſ-ſez : il fait bien voir que l'on a quelques ennuis ; mais il ne dit pas que l'on en ſoit accablé.

Vous nous voulez perſuader, que l'on ne peut entendre ces deux Vers,

Et laiſſe à ma pudeur des ſentimens confus,
Que l'amour propre obſtine à douter du refus.

Et apres les auoir malicieuſe-ment tournez en Proſe , & tranſ-poſé tous les mots ; la raiſon que vous donnez , pour montrer que l'on ne les entend pas, eſt qu'il faut aller bien viſte , pour ſuiure vn Hiſtorien qui les recite , & les comprendre. Il ſemble que par là vous demeuriez d'accord que l'on les entend bien , quand on les lit ſoy-meſme ; mais il n'y a pas plus de difficulté à les comprendre, lors que l'on les entend , puis que ce n'eſt point vn endroit que l'on doiue dire auec precipitation, & que la tirade n'eſt pas longue.

Vous expliquez ſi bien vous-meſme le ſens des deux Vers ſuiuans, que vous ne rapportez qu'en Proſe, qu'il me ſeroit ſuperflu de prendre le ſoin de vous le deuelopper. Vous dites que c'eſt vne nouuelle façon de s'exprimer; mais comme vous ne faites point voir qu'elle eſt méchante, ie crois que l'eſtime que vous en faites vous a obligé d'en parler.

En voicy deux autres, dont vous ne dites du mal, qu'à cauſe que leur trop d'éclat a ſçeu vous ébloüir.

Et voir leur fier amas de puiſſance & de gloire,
Briſé contre l'écueil d'vne ſeule victoire.

Qui iamais, dites-vous, a fait d'vne victoire vn écueil? Ne vous y trompez pas, il y a des écueils autre-part que dans la Mer : tout

ce qui arreſte ou détruit eſt vn
écueil, la victoire peut eſtre vn
écueil à la Puiſſance contre qui
elle ſe declare, & qu'elle renuerſe.
Ce ſont de nobles expreſſions que
vous ne deuriez pas condamner ;
& ceux qui les approuuent meritent de vous plus d'eloges que de
pitié, puis qu'ils font par là connoiſtre qu'ils ſont intelligens &
iuſtes.

Vous ne ſçauriez comprendre
qu'vn homme puiſſe ſemer pour
ſoy, lors qu'il agit pour vn autre ;
& neantmoins il n'eſt rien plus ordinaire, que de voir des gens qui
trauaillent pour eux, en faiſant les
affaires de leurs Maiſtres. Si, par
exemple, Monſieur le Cardinal
de Richelieu, n'eſtant pas bien af-
fermy dans le Miniſtere, vous
auoit dit, *ſi vous trouuez le moyen*
de me gagner telles, & telles perſon-
nes; & que par là ie puiſſe paruenir où

ie pretends , ie vous promets la Char-
ge d'Intendant general de tous les
Theatres de France , que vous fou-
haittez depuis fi long-temps , & que
vous euffiez executé cette propofition , vous auriez femé pour
vous en agiffant pour luy.

C'eft vne belle chofe , conti-
nuez-vous , qu'vne ame frappée
d'vn offre en l'air. Vous me feriez grand plaifir, ou de ne point
reprendre de vers , ou de montrer
pourquoy ils vous choquent : car
ie voudrois répondre à toutes vos
Remarques , & ie ne puis me refoudre à dire feulement , *voila qui*
eft bien , lors que vous dites , *voila*
qui eft mal , fans en donner d'autres raifons. Si c'eft vn offre en
l'air qui vous choque , c'eft vne
façon de parler qui eft fort en vfage , & vous auez tort de blâmer
Monfieur de Corneille , de fe feruir d'vne chofe que l'on difoit

auant qu'il fut au monde.

Vous eftes bien delicat de ne
pouuoir prononcer,

Tour à tour la victoire, autour d'eux en furie,

Il falloit mettre, dites-vous,

La victoire incertaine autour d'eux en furie.

N'auez vous pas crû auoir fait
des merueilles, lors que vous auez
accommodé ce Vers à la delica-
teffe de voftre gofier ? Vous auez
neantmoins tout gafté ; & l'on
connoift par là que vous entrez
auffi mal dans le fens des vers de
Sertorius, que dans le fujet. Monfieur de Corneille, qui dit beaucoup en peu de paroles, & qui a
l'art de refferrer fes penfées, pour
les rendre plus fortes & plus belles, a pretendu dire que la Victoire fauorifoit tantoft l'vn, & tantoft
l'autre party, ce qu'il a fait entendre à tout le monde , excepté à
Monfieur l'Abbé d'Aubignac,
qui

qui a l'intelligence auſſi courte
que la veuë

N'arboreront-ils point l'Etendart de Pompée.

Vous dites qu'il faloit mettre,
n'eleueront-ils point, *&c.* mais vous
blâmez encor injuſtement Monſieur de Corneille, de ſe ſeruir
du mot *d'arborer*. Il n'y en a aucun
qui ſignifie la meſme choſe; & ſi
ce mot a quelque choſe de rude,
on ne doit pas le luy imputer; puis
qu'il n'en pouuoit ſubſtituer d'autres.

Le mot de *reſſaiſir*, vous che-
que encor, & toutefois ce n'eſt
pas d'aujourd'huy qu'il eſt en vſage; pluſieurs Autheurs s'en ſont
ſeruis, & comme il ſignifie beaucoup, l'vſage l'a authoriſé.

Vous reprenez enſuitte deux ou
trois vers, pource qu'il y a deux
TT, dans l'vn, & trois voyëlles de
ſuitte dans l'autre. Vous auez en
verité raiſon, & vos Remarques

E

font voir que Monſieur de Corneille ne ſçait pas faire de vers,
puis qu'en dix-huiçt cens, vous
en auez trouué cinq ou ſix, ſelon
vous, trop metaphoriques, &
cinqou ſix trop rudes. Le nombre
eſt conſiderable, & aſans doute bien fatigué l'eſprit de ceux qui
ont veu joüer ſa Piece, & de ceux
qui l'ont leuë. Ie vois que vous
ne ſçauez plus où vous en eſtes;
mais ie vous aduertis en Amy de
bien ſonger à vous; car la reputation de Monſieur de Corneille eſt
vn éceüil contre lequel la voſtre ſe
briſera, bien que vous croyez
qu'il n'y ait point d'éceüils que
dans la Mer.

Vous me faites beaucoup d'honneur, d'attribuer la defence de
Sophonisbe à ce celebre Autheur;
& i'ay ſujet d'eſtre vain, d'auoir
fait vn Ouurage que l'on croit
ſorty de la plume d'vn ſi grand

homme. Vous me blâmez en mefme temps d'auoir repris le Tribunal dans les oreilles,& dites, que ie n'ay pas leu Ciceron, que vous appellez Autheur Claffique. Ie ne m'étonne pas que vous vous feruiez du mot de Claffique; car les Pedans ont tellement la Claffe dans la tefte, qu'ils ne fçauroient s'empefcher d'en parler , lors mefme qu'ils parlent à des Duchefles. Ie vous pourois dire encor , que bien que vous ayez formé ce mot fur celuy de Claffe, qu'il fent bien la Galere, & qu'en parlant de la forte, vous traittez Ciceron d'Autheur de Galere. Peut eftre que vous n'auez pas crû luy faire ce tort, & que voftre faute ne vient que d'auoir oublié comment on dit vne Galere en Latin. Pour retourner au Tribunal , Ciceron ne dit point que nous en ayons vn dans les oreilles;

mais bien que nos oreilles peuuent porter jugement. I'en demeure d'accord auec luy ; mais
comme vous condamnez iufques
aux moindres metaphores de
Monfieur de Corneille , ie n'ay
pas crû vous deuoir laiffer dire
que nous auions vn Tribunal dans
les oreilles , fans vous en dire vn
mot.

Ie ne vous nieray point que les
Autheurs de l'Antiquité vous ont
appris beaucoup de chofes , que
vous vous eftes renduës propres;
puifque le Liure que vous auez
intitulé , *La Pratique du Theatre* ,
fait affez voir que vous vous attribuez bien des chofes , dont vous
n'eftes pas Autheur.

Ie paffe fur ce que vous dites
contre la Lettre en Profe , pource
qu'elle n'eft pas de moy , & vous
diray feulement que vous auez
tort de traitter fi indignement vne

perfonne qui vous a traitté auec
plus de refpect qui ne vous en
eftoit deub ; mais ie m'arrefte au
fujet qui vous a fait écrire fi iniu-
rieufement contre Monfieur de
Corneille. Comme vous vous
croyez le plus grand Maiftre du
Theatre qui ait iamais efté ; il y a
plus de quatre ou cinq ans que
vous vous plaignez tous les iours
à vos amis de ce que Monfieur de
Corneille n'a point parlé de vous
dans ce qu'il a écrit , touchant
l'Art du Theatre. Vous ne vous
eftes pas contenté de cela , vous
auez voulu le faire fçauoir au public, & le mettre dans l'obferua-
tion que vous venez de faire fur
le Sertorius. Voila ce qui vous
tient au cœur. N'eft-il pas vray
que Monfieur de Corneille vous
auroit fait vn tres-grand plaifir de
parler de vous dans fes Ouurages ?
& que comme ils ont vn grand

debit, il vous auroit fait connoî-
tre dans le monde ? Mais puis que
vous le fouhaittiez auec tant d'ar-
deur , vous deuiez vous y prendre d'vne autre maniere ; & fi vous
euffiez, au lieu d'injures , mis les
prieres en vfage , vous feriez
peut-eftre venu à bout de voftre
deffein.

Vous voulez paffer pour vn
homme qui n'a point appris le
métier des harangeres , & qui ne
fçait point dire d'injures ; neantmoins on ne peut trouuer vne
page dans toutes vos Remarques,
où vous n'en ayez mis quelques-
vnes. Y a-t'il rien de plus inju-
rieux que ce que vous dites de
Monfieur de Corneille le jeune,
& vn homme de voftre caractе-
re deuroit-il ainfi attaquer la reputation de fon prochain ? Vous
appellez Foibles, Ignorans, Ma-
licieux , Chiens , Serpens , Ca-

naille, Vermine , & Poeſtaſtres ,
tout ceux qui prennent le party
de Monſieur de Corneille ; l'on
peut iuger apres cela ſi vous dites
vray, lors que vous aſſeurez que
vous n'auez point appris le métier des harangeres , & ſi ce ne
ſont pas là des injures, & des plus
fines. Mais , que dis-ie? pardon-
nez-moy ce mot , i'ay tort de vous
accuſer de dire de fines injures ;
car elles ſont ſi groſſieres & ſi viſi-
bles, qu'il n'eſt pas neceſſaire que
l'on prenne le ſoin de les faire remarquer. Pour moy, ie vous re-
mercie en mon particulier , de
celles que vous m'auez dites.
Vous m'auez fait beaucoup d'honneur, en me traittant comme l'vn
des plus grands hommes de nô-
tre ſiecle ; & ie croirois que l'on
ne me deuroit point eſtimer, ſi ie
receuois des loüanges d'vne perſonne qui traitte ſi mal ceux qui

en meritent mille fois plus que moy.

Dans le mesme endroit, où vous assurez que vous ne sçauez point dire d'injures, vous dites, en injuriant Monsieur de Corneille, *qu'elles ne sont propres qu'à ceux qui n'ont point esté nouris dans la Cour ; qui ne la voyent que par interualle, pour tirer quelque profit de la liberalité des Grands ; & qui se tiennent renfermez dans les tenebres, n'en sortant que pour faire des courses auantageuses dans le païs des Histrions , & des Libraires.* J'ay voulu rapporter vos propres paroles, dautant qu'elles ne peuuent nuire à la reputation de Monsieur de Corneille, & qu'on voit seulement qu'il n'y a pas vn mot en ces cinq ou six lignes qui ne soit vne injure. Qu'est-ce que toutes ces choses ont de commun auec vos Remarques ? & à quoy bon

parler des Hiſtrions, des Libraires, & de la liberalité des Grands ?
Si chacun eſtoit recompenſé ſelon
ſon merite, Monſieur de Corneille deuroit eſtre auſſi conſiderable par ſes biens, que par ſon
eſprit ; & neantmoins il n'a pas
tant gagné auec toutes ſes vueil-
les, & auec la qualité de Grand-
homme, que vous auez fait auec
celle de Pedant. Ie voudrois de
bon cœur n'auoir point eſté obligé de tenir de ſemblables diſcours : Ie ſçais bien que nous en
ſerons blâmez tous deux, & qu'ils
ne regardent ny Sertorius, ny ſa
defence. Mais ie ſeray le plus ex-
cuſable ; puiſque vous auez commencé, & que ie n'ay fait que vous
répondre, & montrer que vous
dites des injures dans le meſme
temps que vous aſſurez que vous
n'en dites point.

Ie demeure d'accord de ce que

E v

vous dites , en répondant à vnē
partie de ce que ie vous ay dit
touchant Manlius ; que l'on pouuoit fauuer la vie à ce Heros auec
quinze ou vingt vers ; mais comme ces quinze ou vingt vers ny
font pas , vous aduoüez par là que
ie n'ay rien dit que de raifonnable.

Quoy que vous parliez des Suiuantes ; comme vous ne répondez
à rien de ce que ie vous en ay dit,
ie ne crois pas m'y deuoir arrefter
dauantage. Si Sertorius n'eftoit
imprimé il y a vn an , vous diriez
que vous auez obligé Monfieur
de Corneille d'appeller Thamire , Dame d'honneur ; mais comme cette Piece a efté imprimée
long temps auant vos Remarques , vous ne fçauriez dire que
vous auez obligé Monfieur de
Corneille à luy donner ce nom.
Tout le monde rit de vous voir

fi fouuent parler d'argent, & vous ne fçauriez dire que Monfieur de Corneille fait vn Perou de la Cour, fans faire connoiftre voftre foibleffe : mais comme c'eft le quatriéme endroit où vous parlez de ces fortes de chofes, ie ceffe de vous y répondre.

Vous faites le railleur, en difant qu'il n'y a que des Idiots qui fe perfuadent que le Priuilege du Roy fait partie d'vne Piece ; mais vous deuriez aduoüer qu'il eft neceffaire à vn Liure que l'on veut mettre fous la preffe ; puis qu'à faute de l'auoir vous auez efté obligé de faire imprimer fecrette-ment voftre libelle, comme l'on fait toutes les chofes defenduës. Vous reconnoiffez affez la necef-fité d'vn Priuilege ; puifque vous auiez donné au Libraire l'extraict d'vn qui eftoit faux, & fur la fin duquel il y a, *Donné à Paris le*

E vj

quinzième *Ianuier 1663. Signé par le
Roy en fon Confeil, Sebret* ? quoy
que Monfieur Sebret foit mort en
1661. vous deuiez, en faifant cela,
fonger à quoy s'expofent ceux
qui font de pareilles fauffetez. Ce
que i'auance n'eft point vne ca-
lomnie, & pour le juftifier i'ay cét
extraict de Priuilege entre mes
mains. Ie le feray voir à ceux qui
en douteront.

Apres auoir ietté voftre venin
fur Monfieur de Corneille, vous
dites à ceux qui ont pris fes interefts, qu'ils ont raifon, pource
qu'il eft leur Maiftre, & que c'eft
en fripant fes Ouurages, qu'ils
trouuent dequoy faire tant de bagatelles, qui ne leur font pas
moins vtiles, qu'à ceux qui les
vendent. Vous auriez bien de la
vanité, fi vos Ouurages s'eftoient
auffi bien venduës, & s'ils auoient
eu autant d'approbation : Il eft

vray que vous vous confolez de
ce qu'ils vous ont efté plus profi-
tables , que ceux à qui vous reprochez d'en auoir tiré du profit ;
& fi vous auiez agy auffi genereu-
fement qu'eux , vous n'auriez pas
pris douze piftolles du Royaume
de la Coquetterie. Cét Ouurage
eft fort confiderable , & digne
d'vn homme de voftre profeffion,
& ie ne m'étonne pas , fi apres
auoir compofé ce Liure de con-
fequence , vous traittez tous les
autres de bagatelles. Vous finiffez
en difant que Monfieur de Corneille ne vous a iamais fait ny
bien, ny mal. Vous eftes donc bien
ridicule (fauf le refpect dû à voftre
Caractere) de dire des injures de
gayeté de cœur , à vn homme que
vous auoüez qui ne vous a iamais
offencé. Mais venons au Sonnet
par où vous terminez ce bel
Ouurage, & dans lequel, comme

pour reprendre haleine , vous
vous égayez à faire des vœux pour
le retour de voftre Ducheſſe.
Comme ie deſire l'examiner auſſi
bien que les Remarques , ie crois
qu'il eſt à propos de le mettre icy
tout entier.

SONNET.

NE reuerrez-vous point cét illuſtre ſejour,
  Où mille cœurs ſoûmis qui vous rendent hom-
    mage ,
Ne ſouhaittent rien tant que le noble auantage,
De languir à vos pieds de reſpeſt & d'amour.

Vous deuez vos beautez aux ſoûpirs de la Cour,
Vous les deuez encore à l'honneur de voſtre âge,
C'eſt trop les retenir dans vn deſert ſauuage
Où rien ne ſe plaindra de cét heureux retour.

Mais ſi vous ne ſortez de cette nuit profonde,
Auec tous les plaiſirs pour les rendre au beau mōde ,
Vous ne reuiendrez plus que viſiter des morts.

Et ie ſçay que iamais , inhumaine Siluie ,
Vous n'auriez la bonté par quelque doux tranſports,
D'en regarder vn ſeul pour luy rendre la vie.

Si i'eſtois vn cenſeur bien ſeue-
re, ie dirois quelque choſe des
ſoixante & treize Monoſſilabes
qui s'y rencontrent ; mais ie paſſe
par deſſus , pour m'arreſter à ce
qu'il y a de méchant, de ſuperflus
& d'impropre.

Ne ſouhaittent rien tant que le noble auantage.

Ne ſouhaitter rien tant , eſt vne
façon de parler trop rampante, &
dont on ne ſe doit pas ſeruir en
vers. *Noble*, ne ſignifie rien où il
eſt mis : il y eſt meſme impropre,
& il faudroit, *Glorieux* , ou quelqu'autre epiſtete , qui euſt à peu
prés la meſme ſignification.

De languir à vos pieds de reſpect & d'amour.

On ne languit que d'amour , &
non de reſpect. Ce vers eſt digne
d'vn homme de voſtre profeſſion,
de voſtre âge , & de voſtre mine ;
& ie crois que le ſpectacle ſeroit
aſſez plaiſant, de vous voir languir
auprés d'vne Dame.

Vous deuez vos beautez aux soûpirs de la Cour.

Ce vers ne ſignifie pas ce que
vous voulez dire ; il ſemble que
voſtre Ducheſſe doiue ſa naiſſance aux ſoûpirs de la Cour ; & vous
entendez qu'elle doit reuenir , à
cauſe que la Cour ſouhaitte ſon
retour.

Vous les deuez encore à l'honneur de voſtre âge.

Ie ne ſçay ce que vous voulez
dire , par *l'honneur de voſtre âge.*
C'eſt vne façon de parler , dont
perſonne ne s'eſt iamais ſeruy ; &
vne penſée ſi obſcure , qu'elle n'eſt
entenduë que de vous.

C'eſt trop les retenir dans vn deſert ſauuage.

Il eſt auſſi fort nouueau de dire ,
*Madame retient ſes beautez dans vn
deſert.* Il ſemble que ces beautez
vëüillent reuenir , & qu'elle les
retienne malgré elles. *Sauuage* eſt
ſuperflu auec *deſert.* Qui dit *deſert*,
dit l'vn & l'autre ; & ſi ce n'eſtoit

vn lieu ſauuage, ce ne ſeroit pas vn
deſert.

Mais ſi vous ne ſortez de cette nuit profonde.

Vn Poëte peut bien prendre vn
deſert pour vne nuit; mais non pas
pour vne nuit profõde; car il n'en
eſt point de ſi obſcure où le Soleil
ne répande vn peu de lumiere.

Auec tous les plaiſirs pour les rendre au beau mõde.

Ce vers eſt trop lié auec le precedent. Si elle reuient auec tous
les plaiſirs, elle n'eſtoit donc pas
dans vn deſert? car il eſt impoſſible que tous les plaiſirs ſe rencontrent dans vn lieu que vous dites
qui eſt ſauuage.

Vous ne reuiendrez plus que viſitter des morts.

La conſtruction de ce vers n'eſt
pas trop bõne. Vous pouuez dire,
par vn priuilege de Poëte, qu'elle
trouuera tous ſes Amans, &
tous ſes Amis morts à ſon retour;
mais c'eſt trop que de dire qu'elle
ne viſittera que des morts. Ie ne

crois pas que ſon abſence faſſe ſi-
toſt venir la fin du monde. *Viſiter*,
eſt impropre , & l'on voit bien
que vous ne l'auez mis , que pource qu'il eſt plus long que *Reuoir*,
puis qu'il n'a pas la meſme ſignification.

Vous n'auriez la bonté par quelques doux tranſports
D'en regarder aucun pour luy rendre la vie.

Par quelques doux tranſports , eſt
vne cheuille ; & quand ce n'en ſeroit pas vne , on ne dit point , *Re-*
garder quelqu'vn par des tranſports ,
il faut *auec*. C'eſt ſe mocquer de
nos Myſteres , & de la Reſur-
rection , que de dire que voſtre
Ducheſſe peut , par vn regard ,
reſſuſciter les morts. Cette fleu-
rette eſt vn peu impie , & vous en
deuiez chercher vne autre pour
finir voſtre Sonnet.

Si vous auez fait ces Vers , pour
prouuer au public , que vous en
ſçauez auſſi bien faire que Mon-

, fieur de Corneille, ie laiffe à iuger
fi vous auez raifon. Cependant,
comme i'ay encore beaucoup de
chofes à vous dire, vous trouuerez bon que ie vous addreffe ces
lignes.

APOSTILLE,

A MONSIEVR L'ABBE' d'Aubignac.

COMME ie ne vous feray point de Compliment , de crainte qu'il ne fut ſuſpeᴄt, vous trouuerez bon que ie vous diſe d'abord , que ſi vous auiez deſ-ſein de faire croire que l'enuie ne vous faiſoit point écrire, vous ne deuiez pas mettre de Prefaces à la teſte de vos Differtations, ou que vous en deuiez faire de moins in-jurieuſes. Si vous auiez quelque reputation , elles ſeroient capa-bles de vous la faire perdre , & vous y dites des choſes ſi hors de la vray-ſemblance , & qui dépei-

gnent si bien vostre emportement,
qu'en découurant à tout le monde
que la passion vous aueugle, vous
obligez vos Amis d'auoir pitié
de vous. Vous ne vous contentez
pas d'y vômir par tout des injures
contre Monsieur de Corneille;
comme vous n'auez iamais pû
vous accommoder auec personne, vous y traittez en mesme
temps vostre Libraire de perfide;
& vous voulez qu'il ait échangé
vos Remarques sur la Sophonisbe, auec grand nombre d'Exemplaires de la traduction d'*à Kempis* de Monsieur de Corneille, qui,
dites-vous, luy demeuroient
inutiles. Mais il n'est rien de plus
faux, puis qu'excepté deux cens
exemplaires qu'il a donnés, pour
vous, à Monsieur l'Abbé de Vilserin, & quinze ou vingt qu'il a
vendus, il a tout le reste de l'impression, & qu'il est prest de faire

afficher : que fi les Beurieres le
veulent venir trouuer, il leur ven-
dra toutes vos Remarques fur la
Sophonisbe , auec vos Oraifons
funebres , dont il n'a pas vendu
vne douzaine. Il auroit bien vn
autre reproche à vous faire , qui
eft que par vne lafcheté fans égale,
apres auoir tiré de luy ces deux
cens exemplaires de vos Remarques , vous les faites imprimer autre-part, afin d'en tirer autant d'vn
autre : Mais ie vois ce qui vous
fait agir de la forte , c'eft que les
Liures que vous ferez feront confiderables par la quantité des Edi-
tions, s'ils ne le font par la vente,
& par l'eftime que vous en atten-
dez ; Au refte ie croy que les
Exemplaires vous feront plus inutiles, que ne le font à Monfieur de
Corneille ceux de fa traduction
d'*à Kempis*, dont vous nous voulez faire croire qu'il eft fort em-

baraffé. Si ce que vous dites eft veritable , ceux qui depuis quinze
iours en ont fait commencer la
dix-feptiéme Edition , font bien
aueuglez d'employer de l'argent,
qu'ils ne font pas affurez de retirer. Vous nous voulez neantmoins
affeurer qu'il n'y aura iamais rien
à perdre à vos Ouurages, & vous
nous dites dans voftre premiere
Preface, que c'eft vn trefor ; tellement que ceux qui feront affez
heureux pour les auoir , feront af-
feurément fortune auec vous : &
vous n'auez auffi donné vos Remarques fur Sertorius, à vn pau-
ure Relieur de la Place de Sor-
bonne , qu'afin que tout le monde
s'apperçoiue mieux des grands
trefors qu'il amaffera , en les de-
bitant. Mais ie crains, pour luy,
que vous ne le traitiez bien-toft
de perfide, s'il refufe, comme les
autres , d'imprimer voftre Ro-

man des STOÏQ͟VES. Ce n'eſt que pour ce ſujet, que vous traittez ſi mal le Sieur de Sercy. Voicy le diſcours qu'il dit que vous luy fiſtes, lors que vous l'enuoyaſtes querir pour luy en parler. *Hor-ça, mon bon Monſieur, i'ay pluſieurs Ouurages, dont le moindre eſt capable de vous enrichir. I'ay, entre-autres, vn Roman qui n'a point de pareil; Et les* CASSANDRES, *les* CLEOPATRES, *les* CYRVS, *les* CLELIES, & *les* FARAMONDS, *ne ſont rien en comparaiſon de cét inimitable Roman. Cependant vous ſçauez combien ils ont fait gaigner à Monſieur Courbé. Quand vous vous aſſocieriez quatre enſemble, mon Roman vous feroit faire, à chacuu, vne auſſi grande fortune; & pour vous montrer que ie ſuis ſans intereſt, ie ne vous demande pour chaque Volume, qu'autant que l'on a donné pour les Liures que ie vous viens de nommer. Ce grand Ouurage*

eſt

est intitulé, LE ROMAN STOÏQVE;
il aura dix volumes : i'en ay déja
six de faits. Comme il est tout extordi-
naire, ie veux qu'il soit in quarto,
pour le distinguer des autres. Ie veux
qu il y ait dix figures dans chaque
volume, & qu'elles soient grauées &
dessignées par Monsieur Chauueau.
Tout ce qui sera dans cét Ouurage,
sera allegorique, iusques aux points
& aux virgules. Or sus, mon Amy,
(car ie vous puis nommer ainsi ; puis
qu'il y a long-temps que nous nous
connoissons) songez à ce que ie vous
viens de dire ; c'est vostre bien que ia
veux. Si vous imprimez mon Roman,
ie vous feray le Libraire de l' Aca-
demie que nous allons faire. Il n'est
pas que vous n'en ayez oüy parler;
car elle fait déja assez de bruit. Elle
se nommera l'Academie des Alle-
goriques, *& tous les Ouurages que*
nous composerons, ne seront que des
Allegories. Toutes les paroles des

F

grands hommes eſtant des Ora-
racles , le Libraire ne fut pas
plûtoſt de retour chez luy , qu'il
écriuit voſtre harangue qu'il m'a
donnée, afin que le Public ne fut
pas priué d'vne Piece ſi conſiderable. Mais comme voſtre elo-
quence n'a pû luy perſuader de
chercher ſa ruine, il eſt vn perfide ; & s'il auoit voulu vous donner de l'argent , & ſe charger de
vos Allegories , ce ſeroit vn hon-
neſte homme , & vous ne l'auriez
point accuſé de perfidie. Mais il
ne faut pas s'étonner ſi vous iniu-
riez vn Libraire , puiſque vous
n'épargnez pas Monſieur de Corneille. Si vous ſçauiez , toutefois,
l'eſtime que l'on fait de luy , & le
mépris que l'on a pour vos Obſeruations , vous rougiriez de
honte. Si vos iniurieux écrits pouuoient viure (ce qui eſt impoſſible) ils rendroient témoignage à

la poſterité du merite de Monſieur de Corneille : toute la gloire que vous en deuriez eſperer, ſeroit d'eſtre regardé de nos Neueux , comme vn Zoïle , & ie ne crois pas que vous me puiſſiez faire voir par aucun exemple que les Satyres ayent iamais nuy à ceux qui ont eu vne reputation auſſi bien établie qu'eſt celle de Monſieur de Corneille. Nous auons vn grand homme parmy nous , qui honnore toute noſtre Nation, & vous voulez faire voir que l'on s'abuſe, lors que l'on reconnoiſt ſon merite. Tous les Etrangers ſe railleront de nous , & tous les François vous auront en horreur. Vous aboyez toutefois en vain, il y a tant de diſtance entre Monſieur de Corneille & vous, que vous ne pourez iamais donner la moindre atteinte à ſa reputation : Tout ce que vous faites fe brife auprés de fon nom, comme vn verre contre vn Vafe d'Airain. Vous donnez vn démenty à toute l'Europe, qui l'a admiré. Mais, dites-moy, ie vous prie, qui deuons-nous croire, ou d'vn Cenfeur dont la raifon eft bleffée, ou des millions d'approbateurs ? Ne croyez-vous pas que le nombre le doit emporter, & que tant d'équitables voix doiuent eftre plus fortes que la voftre ? Comme vous eftes feul de voftre opinion, vos écrits deuroient eftre brûlez au Parnaffe, ainfi que les Ouurages de ceux qui veulent introduire de nouuelles opinions. L'on ne connoift que trop que vous n'agiffez de la forte, que pour vous rendre recommandable par voftre défaite, imitant celuy qui mit le feu au Temple de Diane, pour faire parler de luy. Mais i'efpere que vous vous

repentirez , & qu'au lieu de vos
Remarques fur l'Oedipe , vous
nous donnerez dans peu *, les moyens*
de fe bien preparer à la mort , &
que vous cefferez de nous aprefter
à rire. Lors que l'on fe veut méler de Critiquer les autres, il faut
eftre dans vne eftime plus gene-
rale que vous n'eftes , & que
l'on n'ait pas lieu de croire que
l'enuie fait ouurir la bouche.
L'on examine d'abord qui eft
celuy qui Critique , & celuy
que l'on Critique : cela eftant,
iugez qu'elle difference on trouuera entre Monfieur de Corneille & vous ? Vous ne fçauriez fouffrir qu'il cite fes Ouurages, lors qu'il eft neceffaire qu'il
en cite quelques - vns ; Neantmoins vous parlez des voftres
dans toutes les pages de vos Ob-
feruations, fans aucune neceffité.
Si vous fçauez fi bien faire des

Poëmes Dramatiques, que vous
nous le voulez perſuader , ac-
commodez au Theatre l'*Ajax*,
que vous trouuez incomparable ?
Faites-nous voir ce Heros tout
enſanglanté du meurtre de deux
ou trois cens Moutons , & repre-
ſentez-le nous au milieu de toutes
ces beſtes égorgées ? mais gardez-
vous , ſur tout , de le faire mourir
comme Sophocle , au milieu du
quatriéme Acte ; car ie doute qu'il
y euſt des François aſſez patiens
pour écouter le cinquiéme , où
l'on diſpute de ſa ſepulture. C'eſt
vn nouueau ſujet qui renaiſt , & ie
ſuis aſſuré que pluſieurs s'en
iroient ſans ſe mettre en peine de
ſçauoir en quel lieu l'on inhume-
roit ſon Corps. Apres que l'on a
ſçeu la mort d'vn Heros , & ce
que deuiennent tous les Acteurs,
l'on n'a plus d'attention pour ce
qui reſte ; & ſi la Piece ne finit,

elle doit finir. Ce qui eſtoit autrefois bien receu, ne plairoit pas à
preſent, & vous connoiſtriez par
le mauuais ſuccés de voſtre Ajax,
que les anciens ne doiuent pas étre
imitez en toute choſe, par ceux qui
veulent preſentemēt faire des Pieces de Theatre. Ie parleray vne autre fois des cinq ou ſix Poëmes
Dramatiques, dont vous auez conduit le ſujet; & bien qu'elles ſoient
enſeuelies dans les tenebres, ie les
déterreray pour faire leur pro-
cez. Ie croyois auant que de finir
vous deuoir faire vn compliment de conjoüiſſance, & que
vous ſeriez du nombre de ceux
que le Roy a depuis peu recon-
nus pour beaux eſprits ; mais
comme vous n'en eſtes point,
Monſieur de Corneille vous pouroit dire ces deux vers, que Dom
Diegue dit dans le Cid au Comte
de Gormas.

Vous voyez toutefois qu'en cette concurrence,
Vn Monarque, entre nous, met de la difference.

Le dépit que vous auez eu, de ce que le Roy en a tant mis entre luy & vous, vous a fait dire, que vous eussiez refusé ses bien-faits, s'il vous eût enuoyé moins de deux mille escus. Vous aimez toutefois trop l'argent, pour en refuser quelque médiocre qu'il soit, & ce n'est que le regret de n'auoir pas esté traitté comme les autres, qui vous fait parler de la sorte. Tout ce qui vient des Roys, honnore toûjours ceux qui le reçoiuent; & ie sçais des personnes qui donneroient de bon cœur tous les ans mille écus, pour auoir de sa Majesté vne pension de bel esprit, ne se montat'elle qu'à mille liures. Ie ne puis m'empescher de vous dire encor, que personne n'adjoûte foy à ce que vous dites, & que l'on ne

veut pas mefme lire vos Obſeruations ; pource que l'on ſçait
que voſtre critique s'eſt toufiours
attachée aux belles choſes. Ie
crois qu'il vous ſouuient encor
de la *Mirame* de Monſieur Deſ-
marets , ſur laquelle vous fiſtes
autrefois des Remarques ; & que
vous n'auez pas oublié, que Monſieur le Cardinal de Richelieu
vous obligea de luy demander
pardon. Vous dites que vous n'a-
uez connu dans ma Défence de
Sophonisbe , que la colere de
Monſieur de Corneille ; l'on voit
bien par là que vous le connoiſſez
mal; puis qu'il n'y a perſonne qui
puiſſe dire l'auoir iamais veu en
colere. Vous faites tort à ſa reputation , en luy attribuant cette Défence , & bien que vous me faſ-
ſiez beaucoup d'honneur , ie ſuis
obligé de vous aduertir, que vous
vous abuſez ; & de vous dire

auſſi que cette Défence de Sertorius eſt du meſme Autheur, que
celle de Sophonisbe, qui ſe vend
chez Barbin, vis à vis le Portail
de la Sainte Chapelle, & non de
celuy de la lettre en Proſe. Comme il a beaucoup de merite, &
qu'il auroit lieu de ſe faſcher, ſi
l'on prenoit mes Ouurages, pour
les ſiens, i'ay crû eſtre obligé de
vous donner cét auis, & de vous
dire, en meſme temps, que puis
que la guerre eſt declarée entre
nous, ie combattray d'vne maniere qui diuertira tout le monde. Quand ie ne remporterois pas
la victoire, ie ſçais des choſes
qui rendront ma cauſe bonne,
& qui vous feront railler de tous
ceux qui apprendront, & qui ver-
ront noſtre Combat. Il faut que
vous n'ayez point d'Amis, puiſque vous n'auez point eſté aduer-
ty de ce que l'on dit de vous, &

de vos Obſeruations. Vous me
deuez eſtre bien obligé de vous
parler ſi franchement, & ie crois
que vous receurez bien mes ad-
uis, ſi vous n'eſtes point mort de
regret, & de honte, d'auoir fait
des choſes indignes d'vn homme
d'eſprit, & d'vne perſonne de
voſtre âge, & de voſtre Caractere.

FIN.

www.ingramcontent.com/pod-product-compliance
Lightning Source LLC
Chambersburg PA
CBHW051547280626